KB055908

저녁 무렵에 모자 달래기

시로여는세상 기획시선 012

저녁 무렵에 모자 달래기

안태헌 시집

시로여는세상

너의 속삭임처럼
다만
이 지상의 빛들을 기억해두려 한다

저녁 무렵에 모자 달래기
차례

시인의 말 005

1부

1부

백 마리 새의 저편에는

나뭇가지에서 떨어진 백 마리 새라면
이 가을날 나를 수긍하고

볕이 잘 들지 않는 창가에 서서 백 마리의 새를 바라보고
있다

저 흥건한 새의 문장을 휘저으려 막대기를 들고 비탈을
내려가는 아이는 아직 필연을 모르고
사라지고도 다시 만들어지는
평일의 삶을 모른다

산란과 찬란 사이에서 풀려난 빛들이
시계바늘을 품고
부지런히 내려왔던 길을 되돌아간다

백 개의 시선으로 문장을 품고 산다면 나도 새처럼 어디
론가 날아갈 수 있을까
〈

시를 허공에 던져놓으면 신생아 울음처럼 고이 받아 쥐
는 사람을 만날 수 있을까

촉지도 한 장 없이
다만 성의껏
스러지는 오후 네 시의 햇살을 끌고 온
백 마리 새의 저편에는

소나기 마트

머리카락이 필요하다
빗물이 흐르기 위해
바나나 껍질과 우산과 잎이 많은 가로수가 필요하다

단단한 합판에 다연발 비비총을 쏘는 것처럼 빗소리가
마트 입구에 늘어선 사람들의 종아리에 흥건할 때

저녁거리가 담긴 비닐봉지 속에서
당신과 나의 온도차가 발생하고
심심하던 거리가 에너지 음료를 마신 듯이 살아난다

그러나 가령, 통조림 정신으로 살아가야 할 한동안

따뜻한 국물과 양념이 잘 배인 반찬 속에서 흘러나오는
발라드풍의 가락들
과거에서 가져온 이 모든 것은
나의 것이 아니다
〈

반짝 세일코너에서 떠오른 생각이지만 소나기가 지나가
는 것처럼 무일푼으로
아주 가끔 내가 나를 다녀간다는 것
그런 순간이 좋다

빗소리에 잠겨서 빗물과 섞이면 무일푼의 나는 비와 점
점 사이가 좋아진다
잇몸이 붉어지고

침술원에 다녀와 혈기가 도는 듯이
양수를 헤엄쳐 오는 지느러미들이 여기저기 돋아난다

늦은 인사

천변에 노랑꽃이 피었다

박수가 없는 11월에 꽃은 왜 정장을 입고 나오나

몇 번인가 침수의 흔적이 있는 너는
조금 힘겨워 보인다
흐린 물살이
안감에서 노랑을 조금씩 닦아내고 있는 것 같다

간신히 얻은 노랑 한 줌을 쥐고 있으면
꽃의 말을 배우고 싶어진다

이제는 낙서에서 찾아볼 수 없는 다정한 말들을 하나씩
불러보고 싶은

꽃과 나의 근친의 세계

나 때문에 아팠을 사람이 있을 거라고 꽃 한 송이 엎어 말

해주는 이가 있을 것 같은데
　손바닥을 펴면
　흩어진 노랑을 따라 아이도 가고 노인도 간다

　아무도 가본 적 없는
　캄캄한 내일 저녁엔
　누가 생의 한복판에서 늦은 인사를 던질 것인가

포로들의 식탁

담장 위에 누가 가뿐하게 오를 수 있을까 치수가 큰 옷들은 이래저래 불만이 많고

자청해서 끼니를 건너뛰는 당신은
이상한 동맹을 맺은 듯이
외계인이 사는 지구 밖에 다녀온 것이다

그곳에서 들고 온
땀범벅 된 시간을 냉장고 칸칸에 보관해두고 중력을 느낄 때마다 한 줌씩 꺼내먹는다
진공포장 할 수 없는 일주일 혹은 한 달

영양사들이 학자적인 취향으로 채소와 고기와 생선들을 분류할 때 아름다운 맛은 사라진다

나는 당신에게 묻고 싶었다
모든 맛이 암흑 쪽으로 사라지고 나면 이상한 동맹도 유리컵처럼 산산이 깨지는 것인지

볼모로 잡힌 원피스들이
자폐적인 병동에서 풀려나는 것인지

　사람들의 거리에 허깨비가 가득한 시간
　하얀 접시에는 냉동된 혀가 쌓이고 당신은 쇼윈도에서
다시 태어나고 싶은 것이다

　무거운 그림자를 끌고 가며
　생에도 수수밭에 일렁이는 바람처럼 헐렁하게 지나가는
시절이 있었으면 좋겠다고 생각하면서

　양력을 잃은 날개였다가
　번번이 되돌려져서 오감을 사로잡으려는 식탁의 내숭을
기어이 할퀴고 싶은
　숨은 발톱이었다가

저녁 무렵에 모자 달래기

모자를 쓴 모자가 징검다리를 건너간다

모텔에서 흘러나오는 불빛들의 강을 건너 머리들이 수련
처럼 떠도는 찬란한 거리로

해가 사라진 저녁에도
우리는 여전히 감추어야 할 무엇이 남아 있고 어떤 정중
함도 없이 빛의 만찬에 들어선다

머리에 감기던 수천 년 전의 빗소리를 너라고 부를까

모양을 바꾸려 하고
용도를 바꾸려 하고
한 끼의 그늘을 부릴 곳을 찾아 헤매는

너의 속뜻을 알지 못해

문명의 하구 같은

골목 어귀에서 어묵을 먹고 돌아오는 저녁
아무도 환호하지 않는 높이에 걸린 내 머리에서도 빗소
리가 들리는지 궁금하다

배고픈 수렵에서 돌아오며 머리에 떨어지는 날짐승의 피
를 훔치던 손바닥을 눈썹 위에 두고
아주 먼 파문을 새겨 읽는다

근사해, 너의 기념일이야

건너가는 손

컵을 가지러 네 손이 나를 건너간다
나의 너머에
너의 일부가 살고 있다는 듯이

나는 네 입술이 닿은 컵을 이해하고 그 컵이 친밀과 무례
의 중간쯤에 있다는 것을 안다

손은 건너가기도 하는 것이다 먼저 손을 내밀고 악수를
청하지만 나는 그의 속마음을 모르고
그도 그러겠지
악수란 잘 변하는 날씨 같으니까

별안간
내 몸에서 수백 개의 손이 뻗어 나와 강물 가득한 손과 사
귀고 싶어진다
그런 게 사랑이 아닐까 골똘해지는

나를 가운데 앉혀두고

컵과 컵에 찍힌 입술이 너의 손으로 중얼거림처럼 건너
간다면
그럼, 나는 무엇인가

여럿이 앉은 탁자는 어수선하고
어떤 너머에는
소나기처럼 마음을 훔쳐 달아나려는 손들이 존재한다 주
머니 속에 간수하기엔 너무 날렵한

물가에서 만져지는 물집

까만 정장을 입은 채 물가에 앉아 있다

햇살은 기울고

죽은듯한 바람이 다시 일어서 해묵은 갈대들의 그림자를
들추자 아픈 내 근황이 피부처럼 비춰진다

세 살 아이가 눈송이라 부르던 꽃잎들은 축제를 마친 인
파처럼 고단하게 돌아가고
무허가로 부풀고 있는 푸른 거푸집들

사라진 것과 사라지려는 것
어느 것이
사람들의 심중에 가까운가

물가에 앉은 사람들은
무른 무릎에 꽃잎을 다시 불러보는 시절이 있는 것 같고
밥 냄새가 퍼지는 사립문으로

검은 염소들이
뿔로 툭툭 치며 저녁을 몰고 오는 순간을 기다리고 있는
것 같다

전속력으로 날아본 적 있는

새들은 무거운 날갯짓을 버리고 공중에 안겨든다 잔잔해
지도록 스스로를 다독이는 물결들

끝내 꿈을 부정하다 잠긴 목소리처럼
물집이 만져진다

들어가 본 적 없는 물의 집
언젠가 드러날 모래톱에 누우면 일생이 다 소비될 것 같다

파프리카

여러모로 시선을 끌어야 합니다
통로에서 약간 오른쪽으로 치우친 자리가 좋겠습니다

어디어디 출신이란 게 중요하거든요 내세울 변변한 이력
마저 없다면 허세도 필요한 법이죠
일종의 식물들의 재능이지만
귀를 바짝 세워 유통의 작은 지류까지 읽어내야 합니다

손이 닿지 않는 곳이라면
스쳐 지나가는 눈빛을 믿겠습니까?
미세한 끌림을 믿겠습니까?

대박 난 구름매장을 기웃거린 적이 있죠
그래서 고민입니다
유사한 것 중에서 진짜인 나를 구별할 수 없으니 한 묶음
에 속한들 어쩌겠습니까?

어느 것이 나입니까?

〈

 변두리로 밀려나지 않으려는 마음과 눈을 감은 채 냉랭
한 공기의 일부가 되려는 마음
 추궁을 하지 않아도
 제철이 아닌 것들은 마음을 다치기 쉽습니다

 적막이 감도는 휴일과 이상한 한파에 대하여 한껏 부풀
린 자세로 궁리를 합니다
 언제, 어디서, 어떻게 견뎌야 하는지

이 별에서 속삭임은 어느 쪽에 많을까

내가 태어나기 전부터 이 별이 있었다
나는 모른다
이 별과 이 별 이후의 세계를

갈라파고스에 가고 싶어 그대가 내 귀에 대고 속삭였다
왼쪽이었는지 오른쪽이었는지
의자에 앉은 채였는지 기억나지 않지만
이 별을 다 잃은 뒤에
처음부터 새로 시작하려는 사람 같았다

나도 이 별에서 무엇이든 바꿔보고 싶을 때가 있다

낮과 밤을
빗방울과 핏방울을
천사와 악마를

서로 마주 보는 것들에게는
농담도 있고 질투도 있고 진심도 있을 텐데 속삭임은 어

느 쪽에 많은 것일까

　나는 그만 속삭임 때문에 태어난 게 분명하다

　도무지 깨지지 않는 이 별에서
　나름대로 쉽게 살아가고 있는 것은 나의 귀에 도사린 수
많은 속삭임 때문

　달콤하고 한 발짝 더 빠른 곳에서 시작되는
　이 별의 속삭임이여

두 개의 꽃말

내가 긴 호스를 끌어다 몇 번 물을 준 적 있는 폭염의 꽃밭에 도라지와 루드베키아가 피어 있다

도라지가 생뚱맞게 뛰어든 모습이긴 하지만
의도한 바 없이
'영원한 사랑'과 '영원한 행복'이란 꽃말이 어깨동무처럼 어울려 있다

마침 나는 슬리퍼를 신고 서늘한 곳을 찾아 북반구를 넘어가는 중이었으나
꽃밭은 동질성의 문제였고
나는 영원이란 말에 집중했다 너와 나의 후생을 모두 포함하고 있는 말

삶이 교차하며 꿈을 빚어내는 그 지점에서 사랑과 행복이 시작되는 것인지 모르지만

북반구의 찬 공기들이 회중시계를 잃어버린 동안에도

누군가는 꽃을 가꾸고
누군가는 한없이 색계를 떠도는 일

어떤 자취도 흔적도 없이 내 삶에 개입하여 좌지우지하
는 두 개의 꽃말이 보일 때까지

나는 기린처럼 목을 빼고 조금 높은 곳에서 열두 시의 점
심을 기다리고 있다
어제도 그제도 무한하게 반복되는
영원한 끼니를

어느 날 갈피

골목이 잘 녹아있는 동네를
한 바퀴 돌아오면
주머니에 주일 성경학교 달란트가 들어있는 듯
얼마쯤 눈부시다

저녁 말미에는
소품 같은 감정들이 자주 핀다

나의 생계는
서가에 꽂힌 두꺼운 책 같아서
함께 기숙하고 있는 포만감을 모르고

금박을 입은 채
점집을 기웃거리며
남은 생에
기다릴만한 운세 하나쯤 더 간직하고 싶은데
그런 게 사람이다
〈

무른 생선과 낡은 깃발과 깨진 유리창들
두 발로 옮겨야 할 이야기들은 들끓고

골목은 끝내 사라지는 것이 아니다

골목이 많은 내 몸의 갈피에는
쓸모없는 후일담처럼
나도 모르게 지운 이야기가 여럿이다

듀엣

애처로운 공기를 열고
네가 나를 향해 망설임 없이 날아온다

마음을 염탐하는 일도 없이
조금씩 어긋나는 두 개의 파장 속에 아주 슬픈 표정 하나
를 슬쩍 밀어 넣는다

너의 반은 돌려주고
나의 반은 돌려받아서
크림색을 얹은 달콤한 입술이 되고 싶은데

내가 너를 찢고 나와서
갑자기 미묘해지고
누구나 공감하는 분위기가 이상해진다

그러므로 나는 뒤처진 발자국이거나 높낮이를 분별할 수
없는 짙은 음영이거나
〈

차분하고 담담하게 버무린 노래가 세상에서 가장 여린
심금을 울리는 일이라면
거리에서 동전을 구걸하는 저녁은 없을 테고
악을 쓰는 일은 더욱 없을 테지

나는 엇박 너머에 있다
그 엇박을 찾으러 캄캄한 숲으로 함께 가야 한다면
언제까지 나를 믿어주겠니

더러 바람 소리에 새소리가 섞이기도 하는 너는 가을이
가득 담긴 목소리를 좋아하고

무거워 잠시 맡긴

하품 속으로
못다 핀 기지개 속으로
포장지가 찢어지는 듯이 사이렌 소리가 지나간다

조난신호가 일요일의 해안에서 발견되는 일이
흔한 경우는 아니겠지만

우연한 일 때문에 세계는 번성하고
벤치에 무심하게 앉아있으면 아무런 절차 없이 이질감의
세계에 편입된다

내게도 간밤의 꺼진 모닥불과 편두통과 유통기한이 지난
문장들이 어지럽게 널려있다

이런 아침
무거운 지구를 받쳐 든 단 한 사람의 발자국이 찍힌 해안
으로
고향의 지분을 일부 가진

야쿠르트 아줌마라도 와주면 좋을 텐데

혼자일 수밖에 없어서 그곳은 깊은 바다, 사람이 오염된
이후에 만들어진 그곳은
회복이 더딘 골짜기

너무 내밀한 곳이어서 툭, 일인칭들이 수북이 쌓이는 서
랍 같은 곳이어서 잠시 맡기거나
기다릴 수밖에 없는

정오의 종소리

정오에 종소리가 들렸다
나는 그 너머를 알지 못해서 허공을 두드렸다
여러해살이풀처럼 허기가 목을 감고 알 수 없는 높이에
긴 팔을 뻗고 있었다

그곳은 나의 어떠한 범주에도 속하지 않는 곳 밥 먹으러
가자고 끌 만한 사람이 살지 않는다
멀다
아주 멀어서
내 목소리와 눈빛이 닿지 않는다

밀물져오는 종소리를 들으면 참깨 꽃이 벌어지던 언덕의
성당이 떠오른다 누구일까 궁금하던
평생의 반려자가
저 길을 걸어오리라 예견하기도 했었는데

나의 알 수 없는 삶이
미래의 유물이 아니란 걸 깨닫게 된 후

나를 관통하는 것들이 많아졌다 살고 있다는 느낌과 쓸
모없는 슬픔 같은 것들
　　그러나 비울 수 없는 것들

　　녹슨 방패 같은 태양이 비스듬히 걸린 종탑에
　　까마귀 한 무리가
　　소란스런 날개를 펴고 점점 내려앉는다

　　화관을 쓴 관을 밀고 가듯이
　　종소리가 마을 한 바퀴를 돌아 정오에서 자정으로 돌아
가고 있다

병뚜껑에 대한 이해

짧은 생을 어디에서나 목격하지만
단숨에 비트는 이것이
목이라면,
그래서 밤이 오는 것이라면 끔찍하다

밤은 비상식적으로 길어져서
어떤 방향이든 걸어가야 할 나선이 필요하고
여기요!
그렇게 외칠 때
당신의 이야기는 이미 증발하고 만다

그건 기호의 문제가 아니라
매일 나도 모르게 생기는 불만에 관한 일
어디서나 뚜껑이 열리는 사람이 있다

한 여자가 기울어진 탁자에서 여생을 흘려보내고

함부로 태어난 감정들이 아이처럼 좁은 골목을 질주할 때

당신의 어깨는 어깨에게 할 말이 아주 많아
스크럼을 짜는 것이다

노래가 되기 전의 입술처럼
한번 열린 마법의 성문은 닫히지 않는다

점점 어두워지고 점점 느려져서
생각들이 이유 없이 깨지고
당신의 내부가 좀 더 단순하게 정리가 되는 밤

맹그로브 숲을 걸어 나가자 함께라면

2부

귓갓길에 만난 버찌가 버찌에게

안도감이 든다
나를 기다려주는 사람이 집에 있다
그런 분위기는 나보다 먼저 집에 도착할 것이나
버찌가 으깨진 길이다

나무를 올려다보며 무언가 털리고 있다고 깨닫는 순간
버찌는 떨어져서 후생이 된다

내가 닿을 수 없는 시간 속에서
둥근 발바닥이 생겨난다
나무는 나무답게 이동하려는 것이다

버찌가 버찌에게 헤어지는 것처럼 웃는다
사랑이라면 그렇게 보일 수 있지만
온몸으로 웃는다

이제 더 이상 기다려주는 사람도 돌아갈 곳도 없을 때 버
찌가 버찌에게 그랬던 것처럼

나는 나를 눈부시게 받들 수 있을까

까맣고 슬픈 것들은
누구도 기억하지 않는 흔적으로 사라지고

나는 사람들 사이에서 언제까지 유효한 분위기인지 몰라
서 옆길로 돌아가는 사람이 되었다

달걀 꾸러미에 깃든

어른이 되어 잃어버린 주소를 찾으러 간다

너를 빌려서
나의 한쪽은 날아갈 듯이 따뜻한 온기를 갖게 되고 우리는 조금씩 닮아간다
비슷한 목소리로 유순해진다

옆 사람의 고른 숨소리가 들리는 조그만 방들

아무래도 여기는 범죄가 없는 마을 같고
바람 한 점 없는
호수를 감추고 있는 듯이 고요하다

하나의 가족이 되기 위해 꽃 이불에 다리를 나란히 모으고 누워 있으면
어느 날은 팔다리가 다 사라진다
내가 알고 싶은 미래는 아주 조용해서 만지거나 품거나 성감대가 없는 여자 같다

〈

이건 누구의 결론도 아니지만

차가운 달걀 몇 개를 움켜쥐고 비둘기호에 오른 후에야
아이들은 나이가 들어가고
비슷한 모양을 구별할 수 있게 된다

동행이라는 최후의 보루
너의 곁

열대야

밤에게 차가운 손을 돌려달라고

낮에 쓴 손을 가지고 나오면 손이 뜨겁다 연탄불 피우는
뒷골목을 서성거리다가 지글거리는 고등어를 덜컥 받아든
것처럼

물가에 앉아 있으면
십자가 너머로 단일한 감정에 충실하게 만드는 밤하늘의
전망이 나타나고
더 이상 불 수 없는 거대한 풍선이다

허공에 잎이 많은 활엽수 한 그루를 심어놓으면 잎사귀
에서 라디오 소리가 흘러나오겠지만
문득 우리는 주파수를 맞추고
밤을 잊은 그대에게 보낸 사연을 들으며 한시름 덜기도
하겠지만

수억 년의 유대를 끊고

홀가분하게
간식과 돗자리를 챙겨서 물가로 내려오는 별자리들은 없
을까

한껏 달궈진 붉은 대기를 건너온 별빛들이 헛바늘을 쏟
아낸 후 모래언덕을 지나
슬금슬금 뒷걸음질 친다

사람들은 모여 앉은 물범 같고
여긴, 풀무질 하는 사람들뿐이야 누구의 잠 속으로도 들
어가지 못한 해가 되돌아오는지

뒤늦은 고백처럼 자라는 나무가 있다지만

마땅한 장소가 없다면
사계절 입을 수 있는 내 와이셔츠 주머니에 한 그루 나무
를 심어주렴

이상기후도 아닌데 시름시름 앓다 말라 죽는 나무 말고

수백 개의 심장이 펄떡거리며
수천 개의 푸른 입술을 달고 수다스럽게 안부를 묻는
명랑한 수종이면 좋겠다

나는 지금 근린공원에서 이미 불구가 된 사람이 몇십 년
전 심어놓은 근사한 나무를 보고 있고
이토록 오래 남아 풍경이 되고 노래가 되는 건
나무밖에 없구나 감탄하고 있지

시끄럽고 복잡한 출근길에서
내가 너의 촉촉한 음색을 단번에 가려내며 가느다랗게
뛰는 맥박을 정확히 짚어낼 수 있는 건

나무 한 그루의 명랑함 때문이겠지

푸른 입술을 떠올리면 새 떼가 날아오르고 별안간 함박눈이 내려서 눈밭을 뒹구는 꿈을 꾸게 된다

뒤늦은 고백처럼 자라는 나무가 있다지만

애초부터 그런 나무가 아닌 것처럼
뿌리에서 우듬지까지 마음이 오로지 한 사람만의 물관으로 무한정하게 흘러서
손길이 되고 눈빛이 되고 목소리가 되는

하루하루가 캄캄하게 박힐 때마다
눈썹이 흔들리는 내 어두운 자리마다 네가 머물고 있다는 기적 하나 남겨주렴

하마터면

그렇다
당신은 고비를 넘겼다고 말할 것이다
집으로 돌아오는 길에

시간이 거꾸로 서고
모조품 같은 세계의 균열을 틈타 미사일을 쏘거나 지중
해에서 보트가 뒤집혔으니

그건 먼 이야기
달리는 버스에 사다리가 뛰어들고 멀쩡한 정신으로 욕실
에서 미끄러지는 일도 다반사다

놀랍지 않은가
하마터면
하고, 가슴을 쓸어내릴 손이 있다는 것
그로부터
다른 풍경이 펼쳐지고
다른 당신이 오고

압력솥에서 갓 지은 밥을 퍼서 함께 먹을 수 있다니

나는 복 받은 사람입니다 그렇게 말할 때 아무렴요 당신
은 정말로 복 받은 사람입니다
하마터면
아무것도 눈치를 못 채고
그 복을 돌멩이처럼 차버렸을지 모르지요

나는 어쩐지 늘 한 발을 크고 작은 고비에 걸쳐두고 있는
기분인데 당신이 잡아주겠습니까
병을 만지고
죄를 짓고
죽은 자들을 가슴에 묻지 못하는
폐허 같은 내 손을

월요일의 안부

탱글탱글한 빗방울이 떨어지네요
형편대로 드세요
월요일의 회색 입술에 착 감기지는 않을 테니
오디처럼 익은 주말의 맛은 잊어주세요
어젯밤 비구름이 자라는 사이
당신은 바에서 맥주 몇 병을 마시고 쓰러졌어요
혼자였거든요
약간의 냉소를 안주 삼은 게 문제였죠
걸어서 토성에 다녀오리라는 말소리가
여기까지는 들리지 않았어요
말끝이 흐렸거나 지워졌는지 모르죠
사무실의 반딧불이가 토해내는
지루한 서류의 맛을 볼 시간이군요
옛날 옛적의 혀는 버려주세요
숫자들의 단단한 얼개 밖으로 손을 뻗쳐
빗방울을 받아내기란 쉬운 일이 아니죠
밤의 하얀 손가락과 잘 어울리는
오후 여섯 시라는 말

엿가락처럼 늘어지는 게 흠이지만
아주 간결하게 정리하는 것이 어때요
다가갈 수 없다면 다가올 때까지 기다리는 거죠
여든까지 가는 세 살 버릇
지금 바로 휴지통에 버려주세요

움직이는 자화상

그림자가 끓어 넘치는 한낮이다
운동장에서 공을 좇아 갈증을 물고 달리는 조끼들
혈안이 한 곳에 모인다

지중해를 건너와 밀입국 냄새를 지우려는 아프리카 소년
들처럼 잘 익어서 쏟아지기 직전의 망고 향처럼
색깔들이 섞인다

골과 어긋난 방향이란 우연에 가깝고
방향이 바뀔 때마다
판을 휘어잡으려 우르르 뭉치거나 어설프게 들뜨는 색깔들

밀집 사이로 생쥐같이 빠져나가는 공을 보면
실마리를 찾지 못하는 조끼들의 배후에 요령이라 부르는
석연치 않은 구석이 있다

라인이란 라인은 다 지우고 여러 개의 공을 동시에 던져
준다면

〈

　거친 숨이 턱 밑까지 차오른 조끼들은

　아귀다툼을 잊고

　사방으로 펼쳐진 숲과 바다와 사막에서 모든 계절의 과
실을 한꺼번에 보게 되는 것일까

　색깔은 세상을 껴안는 감정이라서

　나의 이해심을 넘어선 너의 적개심이 진짜일지 모르니까
정강이를 감싼 채 나뒹굴기도 하는

　저 불가피한 양식

　차차 흐려져서 눈살이 찌푸려지는 여기는 어디인가

　네가 바라볼 때 아픈 것을 다 보여준 듯해도

　은밀한 것은 남아

　색깔은 오랫동안 길들여져 변치 않을 것처럼 보인다

실내는 양해를 구하고

여름방학 도서관은
씨앗이 꽉 찬 해바라기 같다

숨소리가 지배하는 이 혹성에서
달팽이처럼 불빛을 지고 앉아 희망을 채굴하는 아이들

적막하다
새삼스런 일은 아니다
적막이란 누구에게나 필요한 장신구니까

오랜만에 나도 책 속으로 들어가 낡은 구두를 벗고 넥타
이를 풀었다 거기서 얼마나 머물러 있을지 알 수 없으나 몇
시간을 그렇게 앉아 있어 보았다

그렇게 앉아서
혹은 엎드려 쪽잠을 자며 혹한을 견디던 시절이 몇 번 있
었다
잘 이겨냈지만

내 몸에 첩첩 쌓인 게 적막이다

실내는 양해를 구하고
아이들의 귓바퀴까지 날아갔다 미안해서 돌아오는
나의 쌔근거리는 숨소리들

흑성에 모래바람이 거칠게 부는데 잠이 쏟아졌다
나는 나를 돌아보았다
손에 쥔 것이 아무것도 없었다

불빛 가득한 인형 뽑기 상자 앞에 있다면

매번 빗나가니 난감하시다
바람 한 점 없는데
마지막 순간에 오게 될 눈앞의 낙과가 불안하신 게다

어수선한 몸으로 귀가할 때마다
어느 틈엔가 알 수 없는 잠자리 눈이 돋아나 거리에는 구
미 당기는 것들이 많아지게 되고

사람들을 슬쩍슬쩍 집어먹는 불빛 너머 어딘가에서 씻기
전의 손을 사용하고 싶어진다 이면지 같은 빈손을

청하거나 권하거나

모공이 비치는 내 보드라운 팔과 다리를 드리지 가슴에
품고 있어도 여간해선 부풀지 않아서
아무 곳에나 뒤죽박죽 섞이기 좋은
모호한 감정까지
〈

눈은 의심이 많은 편이고

의심 너머 손가락이 닿지 않는 지점을 좇다 보면 불현듯 정신의 가장자리에 가려움이 뭉클하다

만져지지 않아서

한 번의 실패가 아닌 여러 개의 가능성에 매달리게 된다

빌린 도구의 힘, 그런 것들이 안타까워진다

살아가면서

조금씩 의지하게 될 테고

위태롭게 맺혀 있는 힘은 어두운 곳에 모이면 감출 수 없을 만큼 날카로워지거나 커지기도 한다

세상에 빈손을 내밀어서 저절로 열리는 상자란 없다 나는 눈꺼풀이 없으니 눈감아줄 수 없고

옹호해줄 수도 없지만

하루 중 가장 물렁한 부분을 불빛에 절여둔 채 길모퉁이
를 돌아가다 흥얼흥얼 닳은 굽이 빛나기도 하는 당신
여전히 사람다운 취향이시다

파티션

바쁘고 들뜬 입구에서 만난 너로부터 모든 소리의 기원
으로부터 점점 멀어지고

우리는 분명하게 나누어졌다
무공해 산란을 위해
오가는 불필요한 시선을 단숨에 제거했다

죄송합니다
시간이 부족했습니다
그런 말들이 허용되지 않는 계절에는 어둡고 축축한 비
가 종일 거머리처럼 내렸다

탈모를 감추고, 손톱을 감추고
마침내 딱정벌레 같은 자세로
무한한 궤도에 안착했다는 사내방송은 너와 나의 미래에
대해서 아무것도 결정하지 않았다

잠깐 떠올린 너를

퓨즈가 나간 듯이 잊게 되는 이곳은
동물보호구역은 아니다

머리카락만 보이는 세계에 대해
무리수가 무리하게 등장하는 세계에 대해

늦은 밤까지 즐기는 얼굴 없는 파티에
우리는 자주 앓았다

자벌레의 시간

나는 여전히 숲을 통과하는 중이다
아침부터 오후까지

불타는 연두 속에 갇혀 있다
나무들이 술렁거릴 때마다 멀미가 일어서 마지막에 닿을
겨울 항구를 떠올리게 된다

숲은 자신의 세계를 완성하려는 의지로 충만하다
부러지고
쓰러지는 고통을
무한하게 허용하는 세계

끌어안아야 하는 가슴들이 너무 많아서
바람 부는 밤엔
그림자들이 유령처럼 떠다니며 울어댄다
갈 곳을 찾아 헤맨다

아무것도 모의한 바 없는 내 생도 거기에 있어서

〈

 나는 숲의 이면을 들추고
 드나드는 모든 것들의 흔적을 일일이 기록하려는 근시처
럼 기어서 간다 기어이 간다
 느리지만 빛나는 태도로

 목이 달아난 꽃들을 줍기도 하면서
 데인 듯이
 한 시절을 지나간다

풀은 무슨 생각을 가졌을까

여름 방학을 하고 운동장이 텅 비었다. 그 사이 장맛비가 몇 번 다녀갔다. 풀은 운동장 가장자리부터 한사코 빈 곳을 채워간다. 두고 볼 수밖에 없지만 풀 때문에 그곳이 빈 곳이었다는 것을 알게 된다. 풀은 어떤 신념에 차 있다. 옹벽 틈에 위태롭게 매달리거나 아스팔트 위를 기어서라도 간다. 백병전의 기세로 갈 데까지 간다. 간혹 풀과 전쟁 중이라는 사람들을 보았지만 피 한 방울 흘리지 않는 풀. 하찮은 것들이 생을 뜨겁게 달군다. 풀은 마당과 섬돌을 삼키고 지붕까지 접수해서 폐가를 만드는 근육을 가졌다. 그 힘에 팽개쳐진 사람들이 지금 풀뿌리 같은 생을 건너가는 중이다. 종의 기원으로 거슬러 올라가면 풀의 생각을 알 수 있을지 모르지만 풀이 가고자 하는 곳은 어디인가. 어리둥절한 새들이 풀씨를 물고 있다 놓친 곳인가 아니면 끝내 사그라질 불꽃의 중심인가. 운동장을 점점 조여 오는 저 푸른 올가미들. 풀잎에 맺힌 이슬을 사랑하였으나 내가 두려운 것은 노동이 아니라 알 수 없는 풀의 생각이다. 목이 달아나고도 빈 곳을 향해 지칠 줄 모르고 달려가는 저 치열함이다.

굴러가는 동전의 경우

틈의 관자놀이에 교묘하게 숨는다 깊숙이
너는 더 깊숙이
자취도 없이, 시침 뚝 떼고, 조명처럼 꺼진다

네가 주머니에서 흘러나와 굴러가 버린 저녁 어떻게든
일어서보려던 영장류가 마포대교에서 투신했다
비는 쏟아지고
너를 애타게 부르는 소리
빗방울이 깨지는 난간에서 날개를 잃고 추락했다

너는 네 뒤를 의식하지 구르지 않으면 어김없이 뒤돌아
보지 길을 잃지 않으려고
언제든 돌아갈 채비를 하듯
문고리마다 다족류의 냄새를 묻혀두지

내가 너에게로 굴러가는 게 이상하다 문득 너를 옹호하
느라 꽃들의 저녁을 잊은 것도 이상하다
외곽에서 빙빙 돌다

너를 향해 돌진하는 불나방들도 이상하다

사람들은 너로부터 최초의 위선을 배우고

다발로 묶어서 숨기기 좋은 너의 검은 손가락이 심장을
콕 찌를 때마다 숨소리가 가빠진다 일가를 이루려는 부푼
꿈들이 어지럽고 살벌한 거리에 넘쳐난다

어둠 속에서 납작 엎드려 뒤꿈치를 들고 찾아보는 너의
맹독성
대체 모두 어디로 사라진 거지?

한 번 굴러가면 돌아오지 않는 일생은 검고, 틈이 많고,
나는 자주 너의 냄새를 좇는다

귀가 마르다니요

비가 잦아서 귀가 물러졌습니다
나는 달팽이관을 며칠째 청소하는 중입니다
플라스틱 빗자루로 싹싹 쓸어낼 수 없으니
손톱이 긴 손가락으로
이물스런 말들을 꺼내 천변에 버립니다
다리 그늘에 돌덩이 몇 개 앉혀놓으면
왜 이곳에서 말이 환생할까
차가운 돌덩이를 깔고 앉아
사라지지 않는 말의 궤적에 대해 생각합니다
달리마 클럽의 사내들이 말줄임표를 찍으며 달려갑니다
바람을 가르는 자전거 두 바퀴가
묶음처럼 스쳐 지나갑니다
그 말은 지극하여
다리를 건너 시장을 지나 어린이보호구역에 이르기까지
내 귀를 오래도록 열어두었습니다
사과를 쪼개다 손목이 비틀어져 내지르던 비명처럼
해는 뜨고
그 해가 따뜻하게 셔츠 뒤에 업혀 오고

내 귀가 마르다니 참 다행입니다
부처꽃이 소곤소곤 피겠습니다
하루의 긴 그림자에
커다란 검은 보자기를 씌워 놓으면
새 귀들이 콩나물처럼 쑥쑥 자라나겠습니다

미스터 도넛

말하자면
소설가인 미스터의 문장이 무한 재생되는 레코드
도넛을 먹는 동안
사건과 결말은 동일하다

나는 그렇게 이해한다 환幻과 몽夢을

도넛 가게를 나오며
미스터가 건네준 봉지 속 따분한 소설을
마당을 맴돌다
우물에 빠져 읽어야겠다는 생각을 한다

애초에 영혼이라고는 없는 마른 우물

미스터가 밤낮으로 드나들던 문에서
안과 밖이 허물어지고
줄거리가 사라졌다
그것은 손잡이가 없는 문에서 만들어진

흥미 없는 반전

손을 밀어 넣으면 공복이 느껴지는 배경 속에서

호수에 몸이 던져지는 것을 생각하며
되풀이되는 소설의 문장을 한 입씩 철거하는 동안
말하자면
슬픔이라 이름 지어진
미스터의 무수한 올가미들

3부

봄빛 증후군

축제가 열리는 마을에선
3월에 눈이 내려도 꽃신이 날개 돋친 듯 팔리고

자주 신발을 벗고 꿈을 꾸는 나는 나이와 몸무게를 잊은
채 경계를 넘나드는 나비의 생각이 될 수 있다

겨울에 사라진 포크와 더듬이가 푸른 잉크를 머금은 유
리창에 투명하게 비치면
내 몸에 피가 돌고
내가 나를 온전히 들여다볼 수 있다는 느낌

얄팍해진 시간의 갈피마다 찍어둔 다채색 판화를 펼쳐볼
까

오래전에 흥정의 여지가 없는 몸속에 들어와 이미 죽어
가는 신비감을 일으켜 세우려는 듯이
꽃잎 한 장 없는 허공에 가만히 떠 있고 싶을 때
사람은 그림자로 흔들린다

〈

캄캄한 지층을 울리며 달려오는 코뿔소 떼의 기운으로
식탁의 분위기는 커다란 조각보가 되고
코가 높거나 낮거나
꽃신들이 다 모이는 야유회가 되고

날아오르다
내려앉지 않으려고 조급하게 날개를 팔랑거리는 거기,
빛의 알갱이들이 쏴르르 쏟아지면
마비가 풀린 듯 삐걱거리는 의자들이 걸어 나온다

어둡고 습한 틈을 비집고 나온 웅알이처럼 생각의 모서
리들이 부드럽고 따뜻하게 둥글어진다

누워서 하는 말

간밤에 마지막으로 마음에 두었던 것은 무엇이었나
병가를 내고
하루 종일 자리보전한 일이었나 다시는, 다시는 그러면
서 반복하는 헛된 다짐이었나

할 일 없이
천장만 멀뚱히 바라보는 나는 왜 할 일이 없나
왜 식물이 되어가는가

천천히 나를 그려가는 그림을 보고 있으면
시든 이파리 몇 개
요 몇 해 열매도 맺지 못하는 가지들이 부쩍 늘었다

삶은 담는 것이 아니라 비우는 것이라는 말에 담담하게
고개를 끄덕인 것 같은데

두 개의 나를 포개고 보면
담는 것도

비우는 것도 아니어서
어느 것이 미래에서 온 나인지 분간할 수 없다

내 안에도 곧은 심지가 있고 눈부시게 출렁이는 시간들
이 존재할 텐데 나를 반성으로 이끈 것은 무엇이었나

누가 뭐래도
이때껏 사람이란 걸 지키면서 살아왔다고 자부하고 싶은
데
하늘이 빙빙 도는
이 회오리 같은 증상은 사람의 어디에서 시작된 것인가

슬픔의 전이

나무수국 아래 흙을 파고
장수풍뎅이를 묻고
묘비명이 쓰인 작은 팻말을 세운 아이는
슬픔이란 걸 처음 알았겠지

누가 막 밀어내는 것 같은 울음을
참았겠지
집에 돌아와 손을 씻고는
엄마의 손에 이끌려 인간의 슬픔에서 곤충의 슬픔 쪽으
로 돌아섰겠지

꽃밭이 지는 오후
바람에 뱅글거리는 묘비명에 대해
내 생애의 어느 날이 아닌 양 아버지를 묻고 기르던 개와
고양이를 묻었던 일에 대해

삶은 메추리 알을 까다가
늦은 저녁 신문지를 깔고 손톱을 깎다가 문득 알아차린

가지런하게 빗어놓은 슬픔들

목덜미를 만지면서
그것은 이미 거기에 미리 와 있었다는 듯이
문 앞에서 서성거리는 기분이 들고
어쩌면 영원히 거기에 있을지도 모르지

마른 꽃송이처럼 쪼그리고 앉아 뱅글거리는 묘비명을 바
로 잡아주고 일어서는데
따라나서는
물컹한 질감 하나

눈먼 정원으로부터

　폭우가 그친 아침
　떨어져서 수북이 쌓인 능소화를 보고 있으면 꿈을 두고
온 낯선 대륙이 그립다

　하염없이 흘러가는 7월의 정원엔
　가라앉은 채
　깊은 수심에 싸인 범선 한 척

　날짜변경선에서 날아온 벌들은 붕붕거리고

　동화 속 꽃의 요정은 어디에 있을까 그런 의문들이 내 몸
에서 진흙처럼 흘러나온다

　꽃에게 언제까지 꽃이냐고 물을 수 없어서
　두 손으로
　바닥에 떨어진 꽃을 쓸어 모아 커다란 무덤을 만든다

　되돌릴 수 없는 비가 지나가고 되돌릴 수 없는 일들이 벌

젛게 벌어진 눈먼 정원으로부터
　떠도는 세계의 시간은 멎는다

　문득 빛들이 사라질 때 내 눈은 더 밝아진다
　퉁퉁 부은 눈으로는 다가갈 수 없는
　꽃들의 처소

　무거운 살기가 서로 겨루는 것처럼 너도나도 붉은 이빨
을 드러내고 있는 황무지에
　다시 장마가 시작된다는 소식

　눈과 귀를 가린 흐린 새떼가 그들만의 대륙으로 날아간
다

나를 겨냥하다

내 안에 협곡이 있다
하루하루 얼굴이 사라진 행색으로 떠도는 무리들과 어떤
설화도 품을 수 없는 마른 강줄기들

저녁 식후 삼십 분
둥글고 긴 알약 몇 개를 손바닥에 들고 있으면

삭아 내리는 목조건물에서
홀로 서 있는 것 같다 어제까지 측근이었던 누군가 말없
이 떠나버린 것 같다

시간의 못을 쳐서 너덜대는 지붕을 수리하고
바닥을 쓸어내리지만
감출 수 없는 냉기가
방으로, 부엌으로, 낡은 다락으로 나를 이끌고 간다

쓰러질 기미가 없는 그러니까 무쇠처럼 단단한 뿔을 가
진 세월은 기다려주는 법이 없고

몇 번의 실패를 거듭하는 동안

나는 나를 마주 앉혀
삶의 지혜에 대해 갑론을박 토론을 벌인 적이 없다 뜻밖
에 찾아오는 적막이 두려워
문을 열어둔 채 살았다

폐부에 총알이 박히는 느낌처럼 오늘이 순간적이다

나는 나를 겨냥하고 살았다

삼정골

지금 그곳엔 아무도 없네. 아무것도 찾을 수 없네. 가난 하나 가난하지 않았던 그 골짜기. 초대장 없이 윗집 아랫집에 여럿이 숨어들어서 즐거웠네. 비탈의 감나무 아래에서 바라보면 저 멀리 도시의 불빛들은 눈부시게 아름다웠네. 소나기가 지나간 어느 평화로운 저녁은 푸르스름한 능선에서 밤의 잎사귀가 피고 하모니카 소리가 흘러나오기도 했네.

맑은 소주잔을 앞에 두고 약지를 깨물어 무엇을 맹세했던가. 오월의 언저리에 발갛게 번지던 꿈이었던가, 현실이었던가. 시린 손으로 쌀을 씻고 최루가스처럼 연기가 역류하는 아궁이에 군불을 지피다 보면, 사는 게 고작 먹는 일만은 아닐 것이란 확신이 있었네. 그렇대도 우리는 지나치게 욕심을 부린 일이 없었네. 미래를 동경하는 일도, 충고를 하거나 나쁜 습관을 고치는 일도 없었네.

사랑도 생필품, 백림약국 모퉁이를 돌아 후미진 골목을 걸어가다 보면 막걸리 한 잔 같이 나눌 여수 가시나 명자도 있고 수더분한 점숙이도 있었네. 우리가 늘 쫓기고 머물던 골목에서 추임새 넣기 좋은 이야기들이 만들어지고 사랑도 그곳에서 졌네. 한참이나 아팠는데 새살이 돋듯 또 다른 사랑이 찾아오기도 했네.

개구리 울음소리 비단처럼 깔린 들판을 지나 어두운 골짜기에 들어설 때마다 공동묘지에선 소슬한 바람이 일었네. 알 수 없는 일이었네. 슬레이트 지붕들은 더 낮아지고 우리의 잠은 더 모자라서 어느 날은 불길한 예감이 불쑥 들이닥치기도 했네. 정말이지 두렵기도 했네. 밤마다 시대의 우울한 사타구니에서 여명을 꺼내 들었으나 세상이 툭툭 던지는 질문을 받아들기엔 시간이 너무 짧았네.

이제 우리는 나머지 생에 대해 후회 없이 살자고 하네. 최선을 다해 가난을 물리치고 그곳에서 멀어질 만큼 멀어져 있네. 하지만 바람 많은 그 골짜기 화인火印처럼 선명해서 간혹 땡초 스님이랄지, 구 씨네 봉지쌀이랄지, 옹달샘에 비치던 맑은 눈빛이 떠오르곤 하네. 내 생의 가을날 여럿이었으나 하나였던 우리가 그리워지는 것이네.

구석

소심하지만 나는 이곳을 사랑한다
어쩌다 찾아들기도 하는

아직 소꿉이 그대로 남아있나
닦지 못한 눈물이 여전히 마르고 있나

눅눅한 공기처럼
일종의 도피에 가까운 이곳은 쓸데없이 따라온 것들이
많아서 항상 자리가 비좁다

깨지고 뭉쳐졌다 흩어지는

나와 내가 아닌 것 사이에서 달래야 하는 일과 달래지 말
아야 하는 일 사이에서 격렬해진다

스스로 터득해서
나를 조금씩 움직이는 무기를 만들고 가까운 너도 잘 모
르게 웃음으로 위장을 한다

〈

구석이 아닌 것처럼 자세를 바꾸면 모든 게 바뀐다고 하
는데
　두 손을 들면
　영원히 백기처럼 보이는

꾀병처럼 편한 곳

　나는 어딘지 색깔이 변했는데 밤거리를 걷는 사람들은
아무도 몰라보고
　결국 홀로 돌아가는 무채색 둥지

런치비트*

점심시간,
사방으로 흩어졌던 홀씨들이 모인다
빌딩 숲에 묻혀 차가워진 몸은 군불이 필요하고

콜라 몇 모금에
햄버거만한 마당을 더듬어
발아하기 시작하는 홀씨들

고삐를 풀고
그래프에서 금방 미끄러져 나온 듯이
리듬을 탈 때
비트를 움켜쥔 당신의 끼니는 왜 연체동물로부터 오는
것인가

식은 심장이 뜨거워질 때까지
단 하나의 감정으로 흔들고 흔들리면서
흐린 조명 아래 잠깐 동안 반짝였던가
〈

언제라도 기분을 바꿀 수 있고 떠날 수 있지만
매인 몸이란
담장에 기댄 해바라기처럼 등이 굽고
어디서나 쉽게 부서지리라는 것

양치하듯 간단하게 쉼표 하나 찍고
다시 씩씩하게 무리들의 정글 속으로 직진하는
당신은 그때부터 당신이다

* 점심시간을 이용해서 춤을 추고 간단하게 끼니까지 해결하는
  새로운 점심문화 트렌드

지하 6호

제일시장 지하 포장마차에 앉아 너는 레지스탕스로 거듭
태어나고 있다

자폭해버리겠다고
불꽃이 이글거리는 목젖을 보이며
어둠 속에서 맨발로 뛰쳐나온다

오래 버텼으나 더 이상 버틸 재간이 없다며
술잔을 털어 넣을 때마다
총구가 번쩍인다

그렇다
사는 일은 열렬하였으나
지상에서 지하로 내려가는 것은 누구에게나 비감스러운 일

수렁에서 끌어낼 수 없는 너의 마음은
엉킨 암호 같아서
혼잣말로 태어나는 자정의 한기를 모른다

〈

　탁자에 엎질러진 물을 손바닥으로 쓸어내는 동안 난사하
던 총성이 잠깐 그쳤던가

　그럴듯한 작전명도 없이
　먼 후일을 도모하는 밤

　너는 지상으로 돌아가는 덩굴손을 아주 잊어버린 식물처
럼 흐느적거리며 맹목의 언저리에서 맴돌고

　연루된 자로서 나는
　다만, 아이들이 숨 쉬고 있는 지상의 방으로 폭탄 조끼를
조심조심 옮겨가는 것뿐

시를 건드리다

가두리를 벗어나려다 정수리를 다쳤지
붉은 그물코였어
상처는 오래갈 것이나
면봉으로 살짝 건드리면
밤은 무릎 쪽에서부터 빛나기 시작하는 거야
내일부턴 세수도 하지 않을 거야
언제나 깔깔대던 그 여자
초록 모자가 벌러덩 뒤집히겠지
우산을 쓰고 가다 비를 잃어버리면 어때
손가락 끝에 성냥불을 당겨
인디아나 존스 같은 동굴 탐사를 생각하는 거야
숟가락으로 달빛을 퍼 올리는 것은
사막으로 태어나 별을 깨물어 먹는 것은 어때
그래도 좋다면 연고를 발라줘
봉지에서 막 꺼낸 새하얀 면봉으로
부드럽게 콕 찍어 줘
너에게 옮아가는
밤의 나이테 같은 게 있다면 좋겠어

습진 같은 것이라도 괜찮아
정수리를 감싸 쥐고 제자리를 빙빙 도네
그물코는 붉고
갈기갈기 찢긴 지느러미들은 더 붉고

지금껏 가져본 적 없는 발가락들이
꼼지락거린다

분갈이를 한다
어떤 생의 이력을 살펴보는 것처럼 조심스럽게

얽히고설킨 뿌리를 털어내면 아직 발아하지 않은 구름들
이 보드랍게 만져진다

한때 추위에 둘둘 말려서 꼼짝없이 방에 갇혀 살았다
창문 주위에 모조 햇살을 뿌리며
몸 하나 간신히 구겨 넣고
고등어조림처럼 졸아드는 마음을 비비기만 했던

가출한 겨울과 봄 사이 시도 때도 없이 음지에서 빠르게
자라나던 생활의 잔뿌리들

한번 끌려 들어가면 헤어 나올 수 없는 소용돌이처럼
뿌리가 뿌리를 휘감는 동안

살이 살을 파먹는 동안

〈

　매일 밤 푸른빛으로 감싼 노래들이 꽃나무에서 은은하게
울려 퍼지는 꿈을 꾸었지만
　뿌리를 뻗고 있는 곳이 어디인지 알 수 없었다
　나는 꿈을 자주 깨뜨렸다

　허접스런 뿌리를 자른다
　목마른 시간이 지나간다

　신문지 밖으로 달아나려는 흙을 쓸어 담으며 지금껏 가
져본 적 없는 발가락들이 꼼지락거리는 걸 본다

소리는 우산을 쓰지 않는다

장맛비가 오는데
인근에서 건물을 세우는 공사가 한창이다
유리창으로 날아드는
공사장의 소리들
저 소리에는 힘이 잔뜩 들어가 있다
숨이 다급하다

우산을 안 쓰고
비를 맞으며 생생하게 살아나는 소리들
갈 데까지 가보자고
전의를 불태우는 것처럼
어깨가 넓고
종아리가 튼실한 소리들이
비를 뚫고 나의 실내로 달려든다

뒷짐을 진 소리란 없다
어느 것은 충분히 무겁고 어느 것은 힘겹다
내가 아는 시인은

그 소리를 단련하기 위해 시를 쓰곤 하는데
때로는 새로운 소리를 찾아서
허술한 비계를 오르기도 한다

공사장의 소리는 명상적이지 않다
세습을 거부한다
웅크린 소리들
그 소리를 다 걷어내고 나면
고요하고 살벌한 이 세계의 질서정연한 모서리들이
우리 앞에 등장할 것이다

그러니까 지금 이 소리는
신의 가호아래 벌어지는
착란이 아니라는 것은 분명한 사실이다

그릇

그릇은
자주 그믐과 보름을 오고 가는 달이네
후회가 없는 사람처럼
제 몸을 씻고

큰 그릇이 되어라 아버지 말씀하신 적 있지
그릇처럼
가부좌 틀고 생각하면
별을 고봉으로 채워보려던 마음은 다 옛일
난 종묘상 주인 같은
선생이 되었네

씨앗 하나, 아이 하나
키우는 것으로 치자면 하등 다를 바 없지
거짓 없는 깊이에서
거짓 없이 피어나기까지
쓸모가 있을 때까지 묵묵히 기다리는 것들이지
〈

찌개 끓는 소리도
식탁에서 수저 몇 벌 달그락거리는 소리도
간을 맞춰 금방 되돌려주고
빈 몸으로 돌아가네

자리에 눕다 보게 되는
환영幻影 같은
그 뒷모습을 나는 사랑하는 것이네

여름 울음

나는 울고 나서 사람이 됐다 숨길 수 없는 사실이지만 사람이 되고 나서도 많이 울었다 술 먹고 울고 아파서 울고 억울해서 울었다 그러나 기뻐서 운 적은 없다

오늘 밤은 하필 축 늘어진 버드나무 아래 울음이 있다 사람들이 지나가는데 나뭇가지들이 포획하고 있는 저 미망의 구석 한 여자가 어둠을 움켜쥐고 매미처럼 울음을 짜고 있다

울음은 마음에 잠시 머무는 슬픔의 다른 이름 이별을 고하고 대문도 없는 네 집을 나설 때처럼 밀어내는 것 너에게서 나에게로 시간을 통째로 옮겨오기도 하는 것이다

침몰하지 않기 위해 여름을 견디는 동안 우리는 차츰 고독한 구석에 익숙해진다 울음은 삶을 다시 쳐대는 반죽이니 내가 본 것은 밤 버드나무 아래 뭉개진 덩어리 하나

말하라, 여름이여 훔쳐 달아나고픈 싶은 것 하나 없는 이

땅에서 왜 우리는 울고 나서 어른이 되는가 왜 깊고 넓은
음색을 울음으로부터 받아들이는 것인가

말복

찰진 수육 한 접시

그뿐이다

잎마름병이 시작된 고추밭에서

나를 끌어내려는

내가 갸륵한 것이다

4부

우리가 언젠가 낯을 붉혔던 골목에서
— 사랑의 물질성에 관한 태도 · 1

걸어갈 수만 있다면
속초와 파주 어느 쪽으로 걸어가더라도 그곳에 네가 있
다는 것을 의심치 않는다
다만 방향이 일치하지 않을 뿐

단단한 하루를 염두에 두었으나 나를 허무는 친근한 냄
새와 슬며시 주저앉히는 고삐들
나는 습관의 허점으로 나를 본다

다음 계절에 입을 옷을 한 보따리 사 들고 오며 곰곰이 생
각한 적이 있다
흰 눈이 내리는 그때에도
네가 내 곁에서 멀어지는 이유를 말해주거나 이유 없이
싫증 나는 일에 대해 묻게 되는 건 아닐지

내 기도는 우리가 언젠가 낯을 붉혔던 골목으로 흘러가
서 며칠은 더 머무는 구름
〈

오늘보다 긴 목숨들이 희망적으로 살아가는 지상의 하루
가 또 저물어간다
홀홀 벗어서
처음의 푸른 가지 위에 가벼운 외투처럼 걸어놓을 내 영
혼이라면 얼마나 좋을까

나는 살갗에 비쳐오는 핏줄을 무심히 바라본다 어느 동
틀 무렵 걸었던 바닷가 신전
돌기둥의 따뜻한 온기가 내 영혼을 감싸오는 순간을 기
다린다
그것이 구원이라면

사랑의 무게로 서로를 내리치던 순간들이 문득 깨어나
희고 밝은 빛이 될 것만 같다

거울과 부장품
— 사랑의 물질성에 관한 태도 · 2

지나간 모든 이야기는 소중한 부장품이지

여행을 하고 돌아와서 나를 물끄러미 바라보던 당신의
눈빛을 기억하네
말없이 다가와 입맞춤을 해주던

당신은 낯선 곳에서 거울을 보고 온 것이네
내 마음과 당신 마음을 잇댄 거리가 얼마나 가깝고 먼지
비춰보고 온 것이네

들려줄 사람이 없어도 당신과 나의 이야기는 만들어지고

아이들 이름을 골똘히 지은 일이라든가 병원에서 당신의
침상 곁을 지키던 일들도
모두 부장품이 되어가는 것이네

마음의 바닥에는 거울이 있고
거울은 깨지기 쉽지

어떤 날은 단단해진 슬픔이 거울을 들고 한적한 바닷가
로 당신을 끌고 가는 것이네

　애매한 각도로 굴절시키는 경우도 있지만

　우리가 걸었던 달밤의 갈대밭이나 서늘한 숲길에서 함께
안았던 따뜻함 같은 것들
　화장대를 새로 들이고
　처음 사랑한 사람처럼 발그레 번지던 홍조 같은 것들

　거울의 뒷면에 묻힌 이야기마저 챙겨가고 싶은 것이네
빠뜨린 것이 없나
　몇 번이고 확인하면서

위험한 외출
— 사랑의 물질성에 관한 태도 · 3

나는 작아지지 않기 위해 집을 나섰다. 너 때문에, 그러잖아도 작은 내가 갈수록 작아진다는 생각이 들어서 모자를 쓴 채 모자가 나를 감추는 무기가 될 때까지 기다렸다. 약국에서 산 황사 마스크를 쓰고 기왕에 선글라스도 챙겨 쓰자 날씨도 몰라보는 완벽한 몽타주가 되었다. 짝퉁 지갑을 파는 사내가 좌판 앞에 선 동남아인의 피부색에 꽂혀 안색이 밝아지는 게 비열하게 보였다. 목줄 없는 개가 나를 분수 광장으로 끌고 갔다. 칼집 많은 생선을 뒤집어 놓은 듯이 기름이 잘잘 흐르는 주말 오후 거리, 소음으로 더러워진 대리석 의자에 앉아 있었다. 금강송 아래로 교복 입은 라일락들이 떼로 몰려다녔다. 누구의 눈에도 띄지 않는 조용한 순간, 칼을 놓친 것처럼 내 손에서 힘이 풀어졌다. 가장 날카롭고 위험한 것을 놓아버렸다. 동굴 속에서 홀로 메아리를 듣는 것처럼 신비로웠다. 살면서 줏대 없는 마음이 끓어 몇 번의 폭발이 있었다. 그때마다 몸을 갉아 먹는 짐승들이 나를 초원 위에 데려다 놓아서 사랑하고 살아가는 일에 대해 생각했다. 깊은숨을 쉴 때마다 온몸에 살빛이 돌았다. 그리고 나는 다시 작아졌다. 작아질수록 내가 지은 죄가 잘 보였다.

가끔은 범람
— 사랑의 물질성에 관한 태도 · 4

엎드려서 문득 십 년 후가 보일 때가 있다
저절로 고개가 끄덕여지는 그때

수척해진 빛을 쬐고 있으면
미완의 새처럼 잊어버린 날갯짓이 생각나기도 할
그때
넘쳐나는 것이 있긴 있을까

혼자 있는 시간이면
물병에 물을 담는 일이
당신과 나의 내세를 채우는 일인 양 흐뭇해지기도 하지만
가끔은 넘쳐흐르기도 했다

바스러지는 몸에서 악기를 꺼내 조심스럽게 닦는다
그것은 눈부신 음색을 찾아
미래의 시간을 짚어보는 일

사랑은

만들어내는 것이 아니라
마음에서 흘러나오는 아름다운 결이라 쓰고 싶지만
일천 이십여 개의 탄흔 같은
비무장의 몸에서
흘러나온 흉몽들이 더 많았으리라

타인들은 쏟아지고
세상은 감염병을 앓는 듯이 모든 것을 쓸고 가며
폐허를 닮아간다

내가 닿았던 당신의 한숨과 노래들이
끓어 넘칠 때
그리하여 생의 한구석이 빛나기도 할 때

변곡점
— 사랑의 물질성에 관한 태도 · 5

내 사랑도
당신 몸의 화인火印도 늘 제자리

애초에 나는 불완전한 생을 받아든 사람이므로
한결같은 마음을 가질 수 없으나
우리의 삶은 항상 커브

낮 동안 끌고 다닌 몸으로 뼈가 가벼운 새처럼 하늘의 가
장자리를 말갛게 닦으면
뜨거운 생살이 만져진다

미안하다
지난봄의 소소한 약속들을 지키지 못했다 내 귀에서 반
성의 목소리 한번 들은 적 없으니
이게 무슨 현상일까
먼 곳으로부터 돌아온 나는 아직도 무관심의 요철 속에
갇혀 있는 것 같다
〈

당신의 불평처럼 듣는 빗방울

펄펄 끓어도 병이 되지 못하고 오래 버텼으나 단 한 번의
치유도 되지 못한 숱한 밤을 앞에 두고 있으면
사람의 일이란 미궁
때를 기다리고 때를 알아야 하는 것

차례차례 열리는 문으로부터 삶은 여전히 덜컹거리고 기
억마저 흐려져서
지울 수 없는 후회로 남는다

아름다운 곡선을 따라 아침이 오고 석양이 눈부시게 비
출 때 구름의 행간에서 읽는
당신과 나의 첫……

너와 함께 포크를
— 사랑의 물질성에 관한 태도 · 6

얼마 전 너에게 찔렸던 마음도 녹고
어디선가 하얀 모래와 파도가 밀려올 것 같은 아침에 네
가 내민 사과 한 접시

집을 수 있는 손이 있고 젓가락도 있는데
차갑게 빛나는 포크로
사과 한 쪽을 찍으며 생각하네

가슴팍에 무언가를 꽂는다는 일
이건 내 거야
언감생심 꿈도 꾸지 마
날카로운 혀로 단호하게 찍는 일
서른 몇 해 전
내가 너를 찍은 일도 지금쯤은 마음에 녹아 과즙처럼 흘
러나오면 좋겠지만

포크는 춤이 아니지
아무리 익숙하게 다루는 도구라도 가슴에 품고 다니며

누구 앞에서나 흥얼거리는
 노래도 아니지

 너를 찌르고 나를 찔러야 분이 풀리는 이 자극적인 세상
엔
 원 플러스 원처럼
 덧붙여서 잘 되는 일이 얼마나 많은가

 그러니 매일매일 기념하듯 포크에 춤을 덧붙이자
 사과 한 쪽 먹는 일이
 이천십칠 년 팔월 모일 단조로운 아침에 추었던 너와 나
의 춤이 아니겠니

뗏목에 실려 간다
— 사랑의 물질성에 관한 태도 · 7

아무것도 준비하지 않았고
다가올 모든 이야기에 대해 운명이라 말한 적이 있지만
어떤 인사는 꿈 같아라*

송두리째 안고 가는 얼룩진 생의 페이지마다
물꽃이 피어 찰랑거리는데
잘 가라고 흔들어주는 손 하나 없이
뗏목에 실려 간다

나는 시간의 심연에 빠져 금방 죽은 것 같고
검은 손들이 마중 나오는
저 강어귀에 이르러
사시나무처럼 벌벌 떨고 있지

이건 모함이야
누군가 작정한 듯이 나를 실어 보낸 것이야
따지고 싶은데
망연한 얼굴들이 하나둘 스쳐 간다

팽이처럼 쓰러지는 당신이 가장 먼저 떠오른다

도톰한 복숭앗빛 귓불에
기와 몇 장 올리고
고작 꽃나무 몇 그루 심은 내가 평생 물빛에 어른거리기
나 할까

긴 장대로 밀고 가는 낯선 호흡 속으로
나를 데려간다
당신에게 데려간다

* 신용목의 시 「우리가 헤어질 때」에서

입동
— 사랑의 물질성에 관한 태도 · 8

입동인데 비가 온다
차가운 비가 마침 그때 와서 물든 잎이 시나브로 진다

당신과 내가 함께 건너갈 나루가 어디에도 없다는 것을
가없는 하늘에서 읽는다

젖은 새가 빈 가지에 날아와서
나는 눈먼 나무가 되었다

그러므로 새 한 마리가 내 마음에서 사라지거나 물방울
이 툭 하고 떨어질 때 눈동자는 더 깊어진다

'겨울'이라 쓰려다 '다시, 겨울'이라 쓴다

'먼 길을 걸어 가까스로 문 앞에 당도한 당신의 맨발이
거기에 있다.'라고 덧붙이고 나니
눈발처럼 비치는 것들이 있다
〈

풍미가 넘치는 밥상 앞으로 걸음을 옮기며
헛기침 한 번 하는 일이
생생한 꿈만 같다

추위가 오기는 올 것이다 다시, 겨울이니 노 젓는 소리가
나를 깨우기도 할 것이다

그래야지, 아마

때 이른 점심을 먹고
먹구름 떼가 지나가는 창밖을 본다
심란한 일이 없다

장기 근속자처럼 내가 익숙해진 방에는 먹구름 한 점 들
어설 겨를이 없다
고마운 일이나

바람이 불어야지, 이슬비가 들이쳐야지, 구름이 들어앉
아 어깃장을 부려야지

나는 낡은 깃발을 흔들어대는
평범한 간수

가을이 오는 저 허공의 선로를 바꾼들
기다렸다는 듯이 신호등이 깜빡거리고 몇 량의 기차가
유유히 들어서겠는가
〈

박새가 피뢰침 끝에 앉아 있는 일에 대하여 나는 그것을
본 유일한 사람이 되고자 하였으나

눈이 어두워지는 일이라든가
호흡이 짧아지는 일

달이라도 되자는 것처럼 말하니까 나는 언제 부푸는 걸
까요

이만한 기쁨

사람이고 할아버지인 나의 기쁨이겠지 오줌을 막 가리기 시작한 아이를 보러 가는 일 머리를 빡빡 밀어버린 사연에 부모들은 대체 뭐했냐고 아프지 않게 꾸짖으러 가는 일

식구들 둘러앉아 잘 익은 수박을 먹으며 수박물이 흘러내리는 아이의 팔뚝을 닦아주는 일 그러고도 뒷산에 올라 쪼그리고 앉아서 내 옷섶에 기어오르는 조그만 애벌레를 함께 살펴보는 일

이토록 가까이에 삶이 있다니 놀라면서 어떻게든 살아가는 것들과 눈을 맞추는 일

깨지지 않는 기쁨 같은 건 없다* 고 하지만 나는 젖은 흙 위에서 깨지지 않은 발자국을 거두며 집으로 돌아왔네 안아주고 업어줘도 아이는 자라면서 깨지는 날이 많겠지만

이상한 모양을 하고 있는 기쁨을 만지작거리며 이게 정말 기쁨인가? 스스로 묻기도 할 거야 그러나 기쁨이란 물을

수 없는 것 이미 내가 알고 있는 답과 다름이 없지

　두 팔로 아이를 들어 올릴 때
　그때 이만하게 오는

*김상혁의 시「기쁨의 왕」에서

불량한 손

종합병원에 다녀와서 손을 씻는다
터미널 플라스틱 의자에 앉아 막차를 타고 오는 너에게
반갑게 흔들었던 손을

어쩔 수 없이 크고 작은 일에 끌려다니며
탐욕을 애무하는 손이란
무엇이든 버리고 아무 때나 다시 쥘 수 있다는 믿음이 크지

그런 믿음 때문에 한 걸음 앞에 파랑을 던져놓고 의심할
여지도 없이 빨강을 주워든다
이런, 내가 미쳤나 봐
종종 그런 자책도 하면서

손은 시리다
두 손을 비빌 때 몸 둘 바를 모르는 안색 때문에 담배를
꺼내 들고 뒤돌아서 눈물을 닦기도 한다

꽃 피고 눈 내리는 숲을 보려고

귀가할 때마다 붕어빵 한 봉지를 사 들고 오며 처진 심지
를 바짝 세우기도 하지만
　도무지 알 수 없는 손의 거래

　백발을 몰고 오는 적신호 앞에서 손을 포갠다
　축축하고 깊숙한 곳에서 만져지는
　불량한 손을

신림동

여기는 다 희미하다. 이곳에서 어떤 새도 이목구비가 분명한 새끼들을 기르지 못하리라는 걸 너는 알까. 옥탑에서 옥탑을 바라보는 나의 눈이 구름에 가 닿는다. 얼기설기 엉킨 전깃줄 위의 작은 새 한 마리가 매일 아침 자명종처럼 울어줄지 모르겠으나, 양말을 널고 있는 절름발이 사내의 그늘이 매우 짙다. 아들아, 그늘도 그늘이지만 너의 꿈속으로 들이닥치는 저 뜨거운 태양은 어찌할까. 수많은 바람의 정류장을, 그 바람이 몰고 오는 눈보라와 비바람은 또 어찌할까. 물이 얼기도 하는 바닥에서 땀내 배인 몸을 닦고 난간에 이불이라도 펴 말리면 네 눈썹 위에 햇살이 얹히기라도 할까. 꿈이란, 신문지로 싼 그릇 몇 개와 옷가지를 담은 박스처럼 가벼운 것이 아니다. 함부로 덤빌 수 있는 존재도 아니다. 허벅지가 딴딴해지도록 한 걸음씩 오르는 일이다. 얼마나 오랫동안 기다려야 그 아스라한 높이에 이르게 될까. 허물어지고 또 허물어져야 완성되는 높이, 그게 꿈의 속성이란다. 문득, 한평생 꿈을 찾아 떠돌다가 허술한 세월 위에 옥탑 하나 더 올리고 생을 마감한 사람을 생각했다. 너의 눈에서 나를 보게 한 사람이다. 나는 아버지라고 부른

다만 뜨거운 나의 몸을 안은 것은 아니었다. 이제 보니 옥탑이 아물지 않은 흉터 같구나. 마음에 맺힌 서러움이 무화과처럼 피어서 아버지와 나와 네가 함께 보이는구나. 내가 너를 신림동으로 내몰았다. 나의 주름진 미간에 너의 꿈을 들이지 못했다. 미안하다 지나간 모든 상처들.

저곳

　시장에 가다 다리 위에 서면 나는 늘 저곳을 향하지 아침
저녁 걸어 다니던 길이 감쪽같이 사라지는 곳

　어둠을 한 겹씩 벗길 때마다 죽은 사람이 다시 살아나는

　저곳에서 나는 얼마나 멀고 가까운지 가늠할 수 없지만
언젠가는 자석에 끌려가듯 끌려갈지 모를 일이지만

　왕래할 수 없는 저곳은
　새와 우레와 바람이 가득한 곳
　며칠 전에는 근래 보기 드문 큰물이 순식간에 밀려와 세
간들을 쓸어가기도 했지

　한 발 더 내디디면 벼랑인 저곳
　눈이 부셔서
　아주 작은 숨구멍도 들여다볼 수 없는

　저곳에 주름진 손발을 가지런히 뻗고 있으면 세상의 모

든 저녁과 끼니들에게 송구해지지

　세월의 빛에 가려 잠시 흐려지는 때도 있겠지만 관리비
같은 마지막 고지서는 저곳에서 올 것이므로

　자, 이제 반신반의하는 마음을 거두자
　커튼을 열어젖히듯 두 눈을 깨끗이 씻고 지극히 아름답
고 무서운 저곳을 바라보자

　칼끝을 대자마자 쩍 갈라지는 심장을
　저곳에 두자

비를 위한 랩소디

마음에서 부서진 토기를 발견할 때가 있다

갑작스럽고

네가 손을 내밀어서 비 냄새가 난다 죽은 목련 같기도 한
창문 밖에서는 조급한 저녁이 밀물져 오고
이 모든 것들로 인해 내가 분명하게 드러난다

장승배기에서 숯불갈비를 먹고
우연인지 필연인지
좁은 우산 아래 나란히 선 너의 어깨를 감싼 채 어두운 빛
들이 산란하는 골목을 배회할 때

시는 잘 돼?
그렇게 물어오면 목련은 영영 일어날 기미조차 없다 아
무리 꺼내보려고 해도 꺼내지지 않는 옹이를 여럿 가진 나
무들처럼
어깨를 턴다

〈
빗살무늬를 덜어내기 위해 오래 사는 것 같다

　시침들이 나와는 무관하게 수십 개의 사선을 그으며 돌
고 도는 동안 너와도 점점 무관해져서
　다 잊은 듯이 살았다

　네가 손에 힘을 주어서 비는 더 깊어진다
　부서진 토기의 날카로운 단면 하나가
　나를 긋고 있다

　불빛이며 간판이며
　젖은 것들이 일제히 일어서서
　마른 제자리를 찾아가는 아침이면
　제 몸을 두드리는 맑고 명징한 소리들이 거리에 가득하
겠지

　달고 신 과육들이 물러지고 있는 바닥 어디엔가 마지막
노래가 있어 비는 우산을 버린다

삿포로

나는 환한 불빛 아래에 혼자 앉아 있다.
지폐를 반듯하게 접는다.
누군가가 이렇게 나를 접어 주머니에 넣고
어디론가 데려갔으면 좋겠다.

— 이숙경 소설 「삿포로 가는 길」에서

드디어

꽃들이 폭발하는 여름에
눈사람 만드는 사람을 보려고 바다를 건너왔다
공중에 떠도는 먼 기별처럼

저녁 유리창에 얼굴을 담근 채
뜻도 모르는 문자를 따라 쓰다 보면
하나둘 얼굴이 밝아지고

삼백 년 된 편백나무로 깎은 접시가 있다는데 그 접시에

담긴 식감은 어떤 것일까 그러니까

　너의 어두운 몸에서
　유난히 크게 들려오는 물소리를 파스며 진통제며 소화제
같은 손길로 되돌릴 수 있는 것일까

　지폐 몇 장을 쥐고 홀로 앉아 있으면
　그것이 기약인지
　포기인지

　누구에게도 묻지 못하는 세월이 누구에게나 한번은 다녀
가는 것이 사람의 일이지만

　비바람 치는데
　내일은 화창하겠다고 말해주는 사람이나 전철역 앞에서
마냥 손님을 기다리고 있는 택시를 볼 때마다
　기분은 새로 태어나서
　〈

머잖아 네가 오리란 걸 믿고 싶어진다

이제야

  냉장고에서 떨어진 지난 메모를 발견하고 사람들이 가장
끈질기게 살아가는 나라의 너를 떠올린다

  길은 모두 묻혔는데
  한없이 걸어야 하는 어디론가

  엎질러진 물처럼 무섭게 번지는 상상 속에 있으면
  어떤 밤들은
  꿈으로 가는 층계가 사라지고
  어떤 다짐들은
  입술을 깨물며 높은 나뭇가지 끝에 매달려 있다

  노래가 가득한 홀에서

사내들을 넘치지도 모자라지도 않게 바라보던 너의 눈동
자가 녹아내리는 시간이면
낮은 어깨를 숨긴 채
눈사람과
눈꽃과 눈보라를
한가득 싣고 오는 미래를 스스로 밀어내고는

가파른 오르막길에서
엄마란, 아내란 이름을 막무가내 먹어치우는
사나운 짐승과 마주하게 된다

세상엔 조율할 수 없는 젖몸살 같은 반음이 많다지만

노래는 노래여야 된다는 듯 이미 시작되고
노래가 멈추면
우리는 모두 어디로 가야 하는 것인지

기어이

 비닐장갑을 끼고 김이 무럭무럭 나는 게살을 공들여 발
라내고 있는 여자를 보고 있다

 너였으면 좋을
 여자의 조용하지만 군침 도는 손놀림과 깊은 바다에서
막 길어 올린 푸른 공기의 섬세한 비늘을

 머물렀다 음악으로 되돌아가려는
 여기의 냄새, 여기의 빗방울, 여기의 소란, 여기의 감출
수 없는 가벼움들

 거울에 비친 비린 입술을 닦고
 약속시간에 너무 일찍 나온 사람처럼 시계탑 아래를 어
슬렁거리며
 아득한 눈구름을 당겨본다

늑골 사이로 수많은 물별을 거느린 운하가 흘러가는 듯이

슬픔 따윈
아무에게나 쥐어주는 전단지처럼 흔한 종류에 불과하다
는 듯이
겨울의 온도를 미리 들고 와서
눈사람이 되어간다

입안에서 맴도는 말들은 뭉쳐지고

몸통에 머리 하나 없은 단순한 모양이란 사람의 말로 다
표현할 수 없는 긍정의 문장이 아닐까

꿀꺽꿀꺽
삶의 태엽이 감기는 소리를 들으며 팔다리를 다 버리고
나서야 잠이 드는 너를 생각하다가

하루하루가 가장 불완전한 형식이란 걸 깨닫는다

가까스로

　몇 사람은 구조되고
　몇 사람의 생사는 알 수 없는 폭설의 이야기가 듣고 싶어
진다 내가 살아가는 세상의 일이니까

　버릇처럼 살아온 것을 고백하면서
　쏟아지고도 더 쏟아질 것이 남아있는 술병처럼
　이유를 묻지 않으면서

　시간은 검게 물들어간다
　그런 예감은
　누군가 나를 데리러 올 때까지 지치지 않고 계속되는 일
이지만

　심장이 뛸 때마다
　날씨를 먼저 보게 되고 아픈 무릎을 구부려 자조적인 말
들을 걸음 앞에 늘어놓으며

아이누족*의 잠속으로 들어간다

사람 생각은 눈발처럼 비치는 것이라서
나를 지켜보려고
여러 개 그려놓은 창문을 다 열어둔 채 저편 흐린 하늘을
올려다보기도 한다

윤곽이 희미한 빈칸을 한 칸 한 칸 채우듯이 걸어오는

세 번의 밤과
네 번의 낮은
신들이 구겼다가 다시 펴서 내 주머니에 찔러준 기적
온통 떠도는 일로 분주하다

*북해도의 원주민. 급격한 인구 감소와 정체성을 겪고 있음.

멈추고, 움직이는 저녁의 혼몽한 언어들

최서진 시인. 문학박사.
충남 보령 출생. 2004년 《심상》 등단.

멈추고, 움직이는 저녁의 혼몽한 언어들

1. 불가해한 세계를 호명하는 목록

누군가 저녁의 풍경 속을 곤고하게 걸어가는 발자국 소리가 들린다. 순간에서 순간으로 이어지는 고유한 빛의 지팡이에 의지하면서 자신의 폐허를 만지며 지나간다. 안태현의 시는 이미지가 이미지 밖으로 걸어 나와 진열되며, 그것들이 다시 뒤엉켜 사라지는 지점에서 묘하게 나타난다. 이것은 창작행위에 있어서 보석같이 빛나는 미덕이다. 그의 시적 태도는 낯설게 들어선 숲속에서 '지상의 빛'으로 범람하듯 나타나기도 한다. 그러나 그것은 빛일 뿐이지 그 실체를 순순히 드러내지는 않는다. 빛의 산란 작용을 거친 사물이, 다른 물질로 변해 현란하게 나타나는 것이다. 시인이 시집에서 공을 들인 것은, 또는 시적 전략은 세계에 존재하는 시간의 새로운 목록을 기억하려는 몸부림, 그것이다. 그가 걸어가는 풍경의 이마에는 미열이 있거나, 서늘하고 푸른 서글픔 같은 것이 만져진다. 현실을 바라보는 깊이 있는 통찰로 인한 시적 순간이 붉은 노을 아래의 만찬으로 차려져 있다. 사실, 그의 일련의 시들을 읽으며 갓 태어난 새처럼 처음엔 어리둥절해야만

했다. 주체는 스스로의 삶에 더 가까이 다가가기 위해, 가시 돋친 장소를 헤치며 미래로 나아가는 중일까. 이 해설은 캄캄한 입김을 불어 유리창을 닦던 시인의 마음을 헤아려 보는 행위에 가까웠다. 지워지지 않을 삶의 형식을 꽃처럼 완성하는 시는 아름다운 벼랑이며, 드디어 언어 밖의 자유다. 말을 놓아 버리는 것은 쉽지 않다.

안태현의 시적 상상력과 수사기법은 시집의 전편에 고르게 드러나 있다. 내부의 풍경이 외부의 풍경과 만나, 자연과 인간이 소통하는 상상의 소용돌이 작용 때문에 슬픔은 희석되고 마침내 정화된다. "빗소리에 잠겨서 빗물과 섞이면 무일푼의 나는 비와 점점 사이가 좋아진다/ 잇몸이 붉어지고"(「소나기마트」) 그런 순간들이 모여 다치거나, 닫힌 자아를 조금씩 꺼내 회복해 나간다. "사람들의 거리에 허깨비가 가득한 시간/ 하얀 접시에는 냉동된 혀가 쌓이고 당신은 쇼윈도에서 다시 태어나고 싶은 것이다."(「포로들의 식탁」) 시인은 허울이 쌓인 세계에서 검은 심연을 경험하고 감각함으로써 삶의 내면을 새로운 백지에 그려낸다. 그것에 깃들인 시간과 기억을 낯설고 그로테스크한 언어의 충돌을 통해 발굴해낸다. "별안간/ 내 몸에서 수백 개의 손이 뻗어 나와 강물 가득한 손과 사귀고 싶어진다 그런 게 사랑이 아닐까 골똘해지는"(「건너가는 손」) 일상적 경험과 밀착시키면서 어부처럼 배를 띄워 태풍 속을 밀고 나간다. 그리하여 미로로 가득한 도시를 건너가고, 저녁의 시간을 건너가고 그 시간을 표상하는 무인도에 가 닿는다. "내가 긴 호스를 끌어다 몇 번 물을 준 적 있는 폭염의 꽃밭에 도라지와 루드베키아가 피어 있다"(「두 개의 꽃말」) 사랑과 행복을 절묘하게 아우르는 꽃말들을 꽃이 말하듯 끄집어낸다. 영원히 고뇌해야 하는 인간의 모습으로 그 꽃의 표정이 짙게 밴 시인의 밝은 눈을 만난다. 어느 때 말은 하나의 풍경이 되며, 시간과 장소를 나타내기도 한다. 풍경과 풍경은 인간의 깊숙한 곳에서 다른 창문을 열어 놓기도 하는 것이다. 그곳에는 삶을 순결하게 고백하고 사유하는 진폭이 큰 삶의 무늬가 펼쳐져 있기 때문이다. 꽃은 말이 없고, 말을 가지고 있다. 그는 그것들을 땅에, 인간에 착근시킬 줄 안다.

나뭇가지에서 떨어진 백 마리 새라면
이 가을날 나를 수긍하고

볕이 잘 들지 않는 창가에 서서 백 마리의 새를 바라보고 있다

저 흥건한 새의 문장을 휘저으려 막대기를 들고

비탈을 내려가는 아이는 아직 필연을 모르고
　사라지고도 다시 만들어지는
　평일의 삶을 모른다

　산란과 찬란 사이에서 풀려난 빛들이
　시계바늘을 품고
　부지런히 내려왔던 길을 되돌아간다

　백 개의 시선으로 문장을 품고 산다면 나도 새처
럼 어디론가 날아갈 수 있을까

　시를 허공에 던져놓으면 신생아 울음처럼 고이 받
아 쥐는 사람을 만날 수 있을까

　촉지도 한 장 없이
　다만 성의껏
　스러지는 오후 네 시의 햇살을 끌고 온
　백 마리 새의 저편에는
　　　　　　　　　—「백 마리 새의 저편에는」 전문

　시인은 '백 마리 새의 저편에' 있는 시간을 응시한다. 시
인의 시에 대한 섬세한 인식의 풍경을 만나볼 수 있다. 시

인은 "시를 허공에 던져놓으면 신생아 울음처럼 고이 받아 쥐는 사람을 만날 수 있을까"라는 질문을 공처럼 던진다. 시작詩作에 대한 끝없는 자기 번민과 회의 속에서 그는 시를 허공에 그냥 던져보는 것이다. 이것은 시적 실험을 말하는 것이며, 그는 그걸 이미 이 시를 비롯한 여타 시에서 시도하고 있다. 그가 공중에 던져 올린 언어들이 햇빛을 받고 유리처럼 파편화돼 반짝이고 있다. "시계바늘을 품고/ 부지런히 내려왔던 길을 되돌아" 가는 길이라는 기의는 하나의 깨달음이자 여전히 끝나지 않은 그의 시적 삶에 대한 스스로 끝내지 않을 질문일지도 모른다. "나뭇가지에서 떨어진 백 마리 새라면" 그것이 시가 되지 아닐 이유가 없지 않은가? 실험정신은 위험한 속성을 가지고 있지만 새로운 미래를 만들어 내기도 한다.

문명의 하구 같은
골목 어귀에서 어묵을 먹고 돌아오는 저녁
아무도 환호하지 않는 높이에 걸린 내 머리에서도
빗소리가 들리는지 궁금하다

배고픈 수렵에서 돌아오며 머리에 떨어지는 날짐
승의 피를 훔치던 손바닥을 눈썹 위에 두고
아주 먼 파문을 새겨 읽는다

〈
근사해, 너의 기념일이야
         —「저녁 무렵에 모자 달래기」 부분

시란 대체로 시인의 결핍인식에서 발원한 꿈 꾸기의 양
식이다. 시인의 비애의식, 해가 사라진 저녁 무렵의 시간
은 끝나지 않는 존재의 폐허를 마주하고 있다. "배고픈 수
렵에서 돌아오며 머리에 떨어지는 날짐승의 피"는 비애
에 불을 당기는 도화선 역할을 한다. "아무도 환호하지 않
는 높이에 걸린 내 머리에서도"라는 자각적 인식은, 개
인의 고독한 비애의 시간을 감지해 그것을 내면화하려는
포즈를 취하고 있다. 모자란 무엇인가. 더구나 종일 쓰고
다닌 저녁의 모자란 바로 우리의 직업이며, 현실적 존재
의 직위나 지위를 상징하는 듯하다. 시인은 그 현실을 스
스로 위무하고 있는 것이다. "아주 먼 파문을 새겨 읽는"
내재된 자아는 언어의 내부로 스며들어 한 번 더 축축해
진다.

2. 시간—쓸쓸한 무늬

시는 영혼의 현현이며 구원으로 작용하기도 하다. 불가
능한 노을을 색으로 만들어 내고 마음의 중심을 황금빛
으로 물들인다. 인간의 내면세계를 끊어질 듯 생생한 긴

장으로 감지해 내고, 자신의 삶과 운명에 대해 심각하게 연결시킨다. 온몸으로 사유하는 치열한 몸짓의 시. 소리를 내며 사라지는 시간의 풍경을 쓸쓸한 무늬로 그는 아로새겨 드러낸다. 들뢰즈에 의하면 충동은 만족을 얻을 수 있지만, 욕망은 만족을 얻을 수 없다고 말한다. 인간의 욕망은 끝이 없기에 이름을 알 수 없는 매혹을 우리에게 선사한다. 그것은 "무른 생선과 낡은 깃발과 깨진 유리창들/ 두 발로 옮겨야 할 이야기들은 들끓고// 골목은 끝내 사라지는 것이 아니다"(「어느 날 갈피」) 그럼으로써 한 생애가 마침내 이상에 가까운 지점에 도착하는 것이다. 모든 생성은 소멸에(무른 생선, 낡은 깃발, 깨진 유리창) 기반 한다고 생성과 소멸의 속성을 이야기하고 있다. 시인의 시간에 고인 고요를 예민한 깃발의 언어로 흔들어 버린다. 길을 잃지 않기 위해 풍경을 극진하게 복사하는 것. 이렇듯 길과 화해하는 법을 통해 삶의 갈피 속을 걸어갈 수 있고, 그다음 페이지가 전개되는 것이다.

사라진 것과 사라지려는 것
어느 것이
사람들의 심중에 가까운가

물가에 앉은 사람들은

무른 무릎에 꽃잎을 다시 불러보는 시절이 있는
것 같고
　밥 냄새가 퍼지는 사립문으로
　검은 염소들이
　뿔로 툭툭 치며 저녁을 몰고 오는 순간을 기다리
고 있는 것 같다

　전속력으로 날아본 적 있는

　새들은 무거운 날갯짓을 버리고 공중에 안겨든다
잔잔해지도록 스스로를 다독이는 물결들

　끝내 꿈을 부정하다 잠긴 목소리처럼
　물집이 만져진다

　들어가 본 적 없는 물의 집
　언젠가 드러날 모래톱에 누우면 일생이 다 소비될
것 같다
　　　　　　　　　　—「물가에서 만져지는 물집」부분

　이 시를 읽어 내려가면 "사라진 것과 사라지려는 것"들
과 생생하고 생경하게 대면하게 된다. "무른 무릎에 꽃잎

을 다시 불러보는 시절이 있는 것 같"이 그 사이의 빈 허공에 무수한 죽음이 삶을 키우며 살고 있다. "밥 냄새가 퍼지는 사립문으로/ 검은 염소들이/ 뿔로 툭툭 치며 저녁을 몰고 오는 순간을 기다리"며 잃어버린 시간을 불러 모은다. 드디어 "새들은 무거운 날갯짓을 버리고" 진리를 깨닫는다. 이처럼 인식의 전환은 모든 것을 바꿀 수 있다. '물집'을 새로운 감각의 차원으로 접근하여 "물가에서 만져지는"것으로 치환시킨다. 물은 모래에 들어가면 소멸된다. 그것은 상처의 자리에서 존재하다 "일생이 다 소비될 것 같"이 산다.

나는 여전히 숲을 통과하는 중이다
아침부터 오후까지

불타는 연두 속에 갇혀 있다
나무들이 술렁거릴 때마다 멀미가 일어서 마지막
에 닿을 겨울 항구를 떠올리게 된다

숲은 자신의 세계를 완성하려는 의지로 충만하다
부러지고
쓰러지는 고통을
무한하게 허용하는 세계

〈
끌어안아야 하는 가슴들이 너무 많아서
바람 부는 밤엔
그림자들이 유령처럼 떠다니며 울어댄다
갈 곳을 찾아 헤맨다

아무것도 모의한 바 없는 내 생도 거기에 있어서

나는 숲의 이면을 들추고
드나드는 모든 것들의 흔적을 일일이 기록하려는
근시처럼 기어서 간다 기어이 간다
느리지만 빛나는 태도로

목이 달아난 꽃들을 줍기도 하면서
데인 듯이
한 시절을 지나간다
　　　　　　　　　　—「자벌레의 시간」 전문

　시인은 「자벌레의 시간」의 시간을 지나가고 있는 중이
다. "불타는 연두 속에 갇혀" 그 불길은 지나갈 것을 안다.
느린 자벌레처럼 잠시 멈추어 삶의 시간을 정리하는 계
기의 시간을 만들어 놓는다. 이 시를 통해서 우리는 불의 소리와 절규, 혹은 고독까지도 자벌레의 피부로 감지한다. 이처럼 시적 사유를 통해 삶은 통찰되고 재발견되는 것이기도 하다. "부러지고/ 쓰러지는 고통을/ 무한하게 허용하는 세계"에 뿌리 내리는 삶. 그러나 고통은 세계에 쏟아지는 하나의 도전이며 응전의 기회를 부여한다. "갈 곳을 찾아 헤맨다"는 존재의 절규는 삶의 목표를 스스로 설정하기 위하여 길을 찾는 고통을 체감하게 만든다. '제일 큰 수수께끼는 죽음이 아니고, 삶'이라는 니체의 말처럼 시인은 둔중한 질문의 걸음을 멈추지 않는다. 마침내 자벌레는 소멸하는 시간 앞에서 자신의 삶을 응시하고, 이겨내고 있다.

하이데거는 '존재'의 개념에 대해 여전히 앎과 모름의 중간에 있다고 말한다. 앎과 모름의 중간에서 철학적 사유는 시작된다. 시인은 "드나드는 모든 것들의 흔적을 일일이 기록하려는 근시처럼 기어서 간다 기어이 간다"는 대목으로 존재의 극복 의지를 드러낸다. "데인 듯이/ 한 시절을 지나"가는 고뇌에 빠진 비애의 분위기를 느린 편지처럼 전달하고 있다. 이는 주체가 자기 연민에 빠지지 않은 채 삶의 거리를 재기 위한 방법으로 소용되고 있다.

3. 날지 못하는 새의 기억―은신처

삶은 메추리알을 까다가

늦은 저녁 신문지를 깔고 손톱을 깎다가 문득 알
아차린
가지런하게 빗어놓은 슬픔들

목덜미를 만지면서
그것은 이미 거기에 미리 와 있었다는 듯이
문 앞에서 서성거리는 기분이 들고
어쩌면 영원히 거기에 있을지도 모르지

마른 꽃송이처럼 쪼그리고 앉아 뱅글거리는 묘비
명을 바로 잡아주고 일어서는데
따라나서는
물컹한 질감 하나
　　　　　　　　　　　　　—「슬픔의 전이」 부분

　이 시는 슬픔의 속성에 대해 말하고 있다. 슬픔은 어쩌
면 삶과 동일하게 이해될 수 있으며, 아픈 상처와 비애를
어루만지는 극약처방이라는 뜻으로 읽힌다. 슬픔은 전이
가 계속되는 것이며, 그 슬픔을 삶과 죽음 사이에 손에 닿
을 듯 가까이 배치시켜 놓고 있다. "삶은 메추리알"과 '손
톱'은 삶에서 떨어져 나간 이미 죽은 물질이다. 사라지는
사물을 자각하게 하고 통합시키는 데 힘을 쏟는다. 슬픔

이 물들어 가는 시간의 물결을 지문으로 그려낸다. 존재의 슬픔은 어디서 오는 것일까? 시인은 "삶은 메추리알을 까다가/ 늦은 저녁 신문지를 깔고 손톱을 깎다가" 슬픔을 알아차린다. 그것은 "이미 거기에 미리 와 있었다는 듯이" 혹은 "영원히 거기에 있을지도 모르"는 지점이다. 결국 '슬픔'은 삶의 가까운 곳에서 상생하고 있는 것이다.

시간의 못을 쳐서 너덜대는 지붕을 수리하고
바닥을 쓸어내리지만
감출 수 없는 냉기가
방으로, 부엌으로, 낡은 다락으로 나를 이끌고 간다

쓰러질 기미가 없는 그러니까 무쇠처럼 단단한 뼈
을 가진 세월은 기다려주는 법이 없고
몇 번의 실패를 거듭하는 동안

나는 나를 마주 앉혀
삶의 지혜에 대해 갑론을박 토론을 벌인 적이 없
다 뜻밖에 찾아오는 적막이 두려워
문을 열어둔 채 살았다

폐부에 총알이 박히는 느낌처럼 오늘이 순간적이다

〈
　나는 나를 겨냥하고 살았다

　　　　　　　　　　　　　　　—「나를 겨냥하다」 부분

　살아 있는 모든 것들이 온 몸으로 삶과 죽음을 겪어내
느라 소란스러운 여기는 지상의 땅이다. 삶이 삶다운 것
이 될 수 있는 이유는 그 지대에 내가 있기 때문이다. 자
신을 수호하기 위해 자신을 겨냥한 시간의 몸부림은 아
프고 고요하다. 삶이란 나를 겨냥해 단죄하듯 자신을 죽
여야 사는 길임을 시인은 말한다. "나는 나를 겨냥하고 살
았다"라는 결기의 문장은 시인의 생활에 대한 태도를 상
징적으로 보여준다. 이것은 자학과는 다른 개념이다. "감
출 수 없는 냉기가/ 방으로, 부엌으로, 낡은 다락으로 나
를 이끌고 간다"며 시인은 정서적 인식을 아프게 노출시
킨다. 그러나 "몇 번의 실패를 거듭하는 동안" 희망이 절
망의 자리를 대신 차지하게 되는 것이다.

　　스스로 터득해서
　　나를 조금씩 움직이는 무기를 만들고 가까운 너도
　잘 모르게 웃음으로 위장을 한다

　　구석이 아닌 것처럼 자세를 바꾸면 모든 게 바뀐

다고 하는데
두 손을 들면
영원히 백기처럼 보이는

꾀병처럼 편한 곳

나는 어딘지 색깔이 변했는데 밤거리를 걷는 사람
들은 아무도 몰라보고
결국 홀로 돌아가는 무채색 둥지

—「구석」 부분

'구석'을 고독하게 성찰하고 오히려 편리한 장소로 교체해 그는 살아낸다. 구석은 오히려 세계의 실상에 좀 더 깊숙이 개입하는 장소다. 소외 된 인간이 머무는 곳, 그 시간에 우리는 도착해 놓여 있다. 동일한 것이 다르게 감지되는 세계에서 주체는 아프게 "무채색의 둥지"를 틀고 있다. 구석은 몰개성적인 무채색의 거처다. 여기서 주목해야 할 것은 "결국 홀로 돌아가는" 인간의 구석진 숙명을 말하고 있다는 것이다. 구석을 끄집어 내 다시 구석으로 몰아넣는다. 이 시가 슬픈 것은 그 때문이다. "나를 조금씩 움직여 무기를 만들고 가까운 너도 잘 모르게 웃음으로 위장한다"는 문장은 우리 삶을 비추는 아픈 거울이 된다. 그늘이 된다. 같은 의미에서 시인은 "구석이 아닌 것처럼 자세를 바꾸면 모든 게 바뀐다고 하는데/ 두 손을 들면/ 영원히 백기처럼 보이는" 아이러니한 현실적 시선으로 그 뇌관을 건드려 놓는다.

4. 타인이라는 창문—저녁의 다른 이름

안태현의 시는 저녁 무렵이 상징하는, 밝지도 어둡지도 않은 공간적 이미지로 가득 채우고 있다. 문장을 따라가다 보면 낯선 도시의 미로와 골목의 미궁을 헤매는 즐거움이 있다. 인간의 가치를 발견하는 안목을 갖추고 자기 성찰적 자세가 두툼하게 보인다. 인간의 생계와 실존에 관하여 언어 미학적으로 아우르는 연결고리가 가지런하다. 저녁 무렵은 시인에게 어떤 삶의 감각으로 변주되었을까. 곤궁한 삶을 어둠이 조금은 덮어 줄 기미가 보였던 것은 아닐는지. 아니면 빛의 시간이 끝나는 것을 안타까워하는 것일까. 저녁 무렵의 시간, 어느 기슭에선가는 누군가 쌀을 안치는 시간일 것이다. 실존에 대한 허기를 통해 시는 부단히 넘어지고 일어선다.

그릇은
자주 그믐과 보름을 오고 가는 달이네
후회가 없는 사람처럼

제 몸을 씻고

큰 그릇이 되어라 아버지 말씀하신 적 있지
그릇처럼
가부좌 틀고 생각하면
별을 고봉으로 채워보려던 마음은 다 옛일
난 종묘상 주인 같은
선생이 되었네

— 「그릇」 부분

　"큰 그릇이 되어라 아버지 말씀하신 적 있지"라는 말을
통해 그는 삶의 변화를 시도한다. "별을 고봉으로 채워 보
려던" 꿈은 무산되었지만 '선생'이 되어 아이들을(종묘)
가르친다. 그 그릇은 그래서 무한하게 커질 수 있다. 그는
자신이 큰 그릇이 된 것이 아니라 그릇을 만드는 사람이
된 것이다. 그 「그릇」은 무한한 잠재력을 가지고 있다. '그
릇'을 통해 그릇에 대한 일차적 개념을 비틀어 버린다.

　　침몰하지 않기 위해 여름을 견디는 동안 우리는
차츰 고독한 구석에 익숙해진다 울음은 삶을 다시
쳐대는 반죽이니 내가 본 것은 밤 버드나무 아래 뭉
개진 덩어리 하나

〈

　말하라, 여름이여 훔쳐 달아나고픈 싶은 것 하나
없는 이 땅에서 왜 우리는 울고 나서 어른이 되는가
왜 깊고 넓은 음색을 울음으로부터 받아들이는 것
인가

　　　　　　　　　　　　　　　—「여름 울음」 부분

　"나는 울고 나서 사람이 됐다"는 고백, 술 먹고 울고, 아
파서 울고, 억울해서 울었는데 사람이 되었다는 고백은
한 인간의 성장 풍경을 고스란히 담고 있다. "울음은 삶을
다시 쳐대는 반죽"이 되어 우리는 "깊고 넓은 음색을" 가
진 어른이 되는 것이다. 입센은 이 세상에서 가장 강한 인
간은 고독 속에서 혼자 서는 인간이라고 말했다. 시인은
울음 끝에 허공을 바라보면서 가슴을 열고 새처럼 날아
오른다. "여름의 울음"이 열매를 맺게 하는 것이다.

5. 지상은 사랑하기 알맞은 곳, 수많은 불길은 결국 사랑

　그는 사라진 시간을 저녁 무렵의 연기 같은 그리움으
로 다시 여기로 호명하여 소통하고 있다. 손에 잡히지 않
지만 우리는 이 세계보다 더 좋은 세계를 알지 못한다. 그
세계를 안태현은 이렇게 연다. "찰진 수육 한 접시/ 그뿐
이다/ 잎마름병이 시작된 고추밭에서/ 나를 끌어내리는/

163

내가 갸륵한 것이다"(「말복」) 무더운 여름에 노동을 하다
가 본능의 장소에 몸을 맡긴다. 그가 끌어 내린 것은 자신
의 몸이 아니라 우주적이고 포괄적인 그 어떤 것이다.

> 타인들은 쏟아지고
> 세상은 감염병을 앓는 듯이 모든 것을 쓸고 가며
> 폐허를 닮아간다
>
> 내가 닿았던 당신의 한숨과 노래들이
> 끓어 넘칠 때
> 그리하여 생의 한구석이 빛나기도 할 때
> ──「가끔은 범람 ──사랑의 물질성에 관한 태도 · 4」 부분

「사랑의 물질성에 관한 태도」연작이 여덟 편의 시로 이
어진다. 사랑을 빼놓고 존재의 삶과 세계를 말할 수 있는
방법은 별로 없다는 결론에 이른 듯하다. 그중에서도「가
끔은 범람 ──사랑의 물질성에 관한 태도 · 4」에 잠시 멈춘
다. "타인들이 쏟아지고""감염병을 앓듯""폐허를 닮아
간다"며 외로운 천체에 닿듯 우주선이 되어 그것을 탐사
한다. "내가 닿았던 당신의 한숨과 노래들이"그의 현란
한 언어를 통과해 "생의 한구석을 빛나"게 한다. 그는 아
픔을 말하지만 그 의미를 변주하며, 그것으로 삶의 자양

분으로 삼고 있다. 그는 시적 태도는 물성에는 크게 관심이 없어 보인다. 어느 땐 언어를 흩뿌려 버리거나 압박해, 그 사이 터져 나오는 순간적 소리를 채록하기도 한다.

　한 발 더 내디디면 벼랑인 저곳
　눈이 부셔서
　아주 작은 숨구멍도 들여다볼 수 없는

　저곳에 주름진 손발을 가지런히 뻗고 있으면 세상
의 모든 저녁과 끼니들에게 송구해지지

　세월의 빛에 가려 잠시 흐려지는 때도 있겠지만 관
리비 같은 마지막 고지서는 저곳에서 올 것이므로

　자, 이제 반신반의하는 마음을 거두자
　커튼을 열어젖히듯 두 눈을 깨끗이 씻고 지극히
아름답고 무서운 저곳을 바라보자

—「저곳」 부분

　그는 아직까지 없었던 「저곳」을 만들어 낸다. "한 발 더 내디디면 벼랑인 저곳"은 새와 우레와 바람이 가득한, 상상력의 공간이다. 그것이 변주되는 감각들이 사는 곳이다. "세월의 빛에 가려 잠시 흐려지는 때도 있겠지만 관리비 같은 마지막 고지서는 저곳에서 올 것이므로" 저곳은 있는 곳이다. 강물도 잠시 멈추었다 흘러가고 만개한 꽃도 피었다 지는 저곳. 수많은 커튼으로 사람과 사물을 가렸다가 가끔 보여주기도 하는 저곳은 어떤 가능성으로 빛나는 곳이다. 그곳은 그의 아픈 심연이 변주된 장소이자 지상의 빛이 존재하는 곳이다. "이제 반신반의하는 마음을 거두자" 그리고 우리는 "두 눈을 깨끗이 씻고 지극히 아름다운 무서운 저곳을 바라보"는 그 시간은 저녁 무렵의 뿌리에 다다르는 축복의 순간이 될 것을 믿는다.

그의 언어를 통과한 사물들이 낯설고 새롭다. 아도르노의 부정변증법은 하나의 구체적인 체계를 지향하지 않으며 오로지 끊임없는 계기성 속에서 다른 것, 동일화될 수 없는 것을 확인하는, 즉 같다는 것을 부정하는 멈추지 않는 사고의 활동성이다. 어느 때는 차분하게, 어느 땐 덫에 막 갇힌 짐승처럼 처절하다. 아직 규정되어지지 않은 물성을 가진 시. 그는 끝없이 만들고 지우고 극복하며, '안태현적인 시'를 탄생시켜 놓고 있는 것이다. 그러나 그 시간은 꼭 저녁 무렵은 아니며, 어디에나 존재하는 시간이다.

시로여는세상 기획시선 012

저녁 무렵에 모자 달래기

ⓒ2017 안태현

펴낸날   2017년 12월 5일
초판 2쇄   2018년 12월 10일
지은이   안태현
펴낸이   김병옥

펴낸곳   시로여는세상
등록일   2002년 1월 3일
등록번호   성북 바 00026
주소   02875 서울시 성북구 보문로 29다길 31, 114-903
편집실   03157 서울시 종로구 종로 19(종로1가) 르메이에르 종로타운 B동 723호
전화   02)394-3999
이메일   2002poem@hanmail.net
블로그   http//blog.daum.net/2002poem

편집 미술 김연숙
제작 공급 토담미디어 02)2271-3335

ISBN 979-89-93541-50-2